U0115264

兒童文學論集（五）

林文寶　著

自序
我的兒童文學觀

　　個人曾經有機會為空中大學策劃講授四門有關兒童文學的課程與教科書。

　　國立空中大學，創立於一九八六年，為當時臺灣第十所國立大學。其教學方式以遠距教學為主，面授教學為輔，透過電視、廣播、網際網路等管道播送與教學；並以教室教學、視訊教學方式辦理面授。校址設於今新北市蘆洲區。空中大學目前有六學系及通識中心。

　　自一九九七年起空中大學跳脫過去以考試入學為主的招生模式，轉型為提供國人進修及繼續教育，實現全民終身學習理念的大學。大學部全修生修畢學系規定學分總數後，即依《學位授予法》授予學士學位。畢業生取得學士學位者，皆可參加各類國家考試及報考各大學院校研究所碩士入學考試。

　　個人為空中大學策劃課程與編寫教科書的因緣，皆於各書序文有說明。四本教科書出版年、月列表說明如下：

一、林文寶、徐守濤、蔡尚志、陳正治等著：《兒童文學》（臺北縣：國立空中大學，1993年6月）

二、林文寶、周惠玲、洪志明等六人著：《兒童讀物》（臺北縣：國立空中大學，2007年12月）

三、林文寶、陳正治、林德姮等六人著：《幼兒文學》（臺北市：五南圖書公司，2010年2月）

四、林文寶、江學瀅、陳玉金等六人著：《插畫與繪本》（新北市：
　　國立空中大學，2013年8月）

　　一般來說來，空大對課程與教科書，自有較為嚴謹的規範，尤其
教科書的編寫更有明確的規範與樣式，與大學院校間的教材，是有明
顯的區別。又選修課程似乎只會開二、三次，且非連續開。因此空大
教科書市面上並不流通，只有再開課間期，在特定地點才買得到。

　　《兒童文學》一書，在一九九六年九月改由五南圖書出版公司印
行，至二〇一九年三月已發行初版二十一刷。《幼兒文學》一書，因
情況特殊，當時教科書就由五南圖書出版公司印行，至二〇二〇年七
月已是初版六刷。

　　至於其他兩本，雖然版權早已到期，但目前書市不景氣，一直未
有再印行的機會。是以將四本教科書中我負責書寫的章節收錄成書，
是為《兒童文學論集（五）》，實際上也是我的兒童文學觀。又收錄原
則以保存空大教科書的書寫樣式。但由於四本教科書皆屬入門書，是
以有些相同的論點重複出現，請見諒。又藉此收錄機會，盡量重現最
初書寫的原貌。

　　全書收錄方式如下：書影、序、目次、正文；正文，即指個人書
寫的章節。

目次

肆、《插畫與繪本》

壹、《兒童文學》

林文寶等編著：《兒童文學》

（臺北縣：國立空中大學，1993 年 6 月）

一　書影

書用學大中空立國

兒童文學

林文寶・徐守濤・蔡尚志・陳正治

編　著

國立空中大學印行

二　序

　　什麼是兒童文學？

　　我們是否有兒童文學？

　　兒童文學是屬於兒童自己的文學。在這個解釋裡包括兩個因素，即兒童與文學。組合兒童與文學成為兒童文學：一方面要有兒童的特色；另一方面要以文學的意義。因此，我們認為兒童文學在本質上是「遊戲的情趣」之追求；而在實效上則是才能的啟發。是以兒童文學作品乃是經過設計的。這種設計，不論在心理、生理或社會等方面而言，皆以適合兒童的需要為主。

　　在臺灣，兒童文學似乎一直被認為是邊緣課程。就以師範學校而言，始於一九六〇年八月省師範學校陸續改制為師專。在師專的語文組開設有「兒童文學」選修課程。一九七三年度，廣播電視曾播授師專「兒童文學」課程，由市北師葛琳教授主講。兒童文學於是深入各個國小，曾蔚為寫作的風氣。

　　直到一九八七年八月一日起，九所省市師專一次改制為師範學院。在新制師院的一般課程，列有兩個學分的「兒童文學」，且是師院生必修科目。

　　今年，適逢空中大學人文系擬開「兒童文學」供學生選修，於是找了幾位朋友，共同來負責撰寫的工作。

　　從成長、了解與求知的立場言，成人有必要選讀兒童文學。一般來說，兒童文學的學習目標有：

一、了解兒童文學的意義與價值，及其與兒童的關係，並啟發研究兒童文學的興趣。

二、了解兒童文學的發展、類別及重要讀物的內容。

三、了解兒童文學製作的原理，並期能編寫兒童文學。

四、培養欣賞與解讀的能力。

而今，從通識、親職或成人教育的觀點視之，本課程的學習，不以理論、歷史為主，而是以實用、有趣為重心。全書除總論一章（內含兒童文學的意義、特性與製作的理論）外，主要以兒歌、兒童詩、故事、神話、寓言、童話、小說、戲劇等八種文類為學習對象。其中總論由本人撰寫，兒歌、童話、小說由陳正治執筆，兒童詩、戲劇由徐守濤負責，至於故事、神話、寓言是由蔡尚志撰寫。每種文類為一章，每章又分：意義、特質、寫作原則、作品賞析等四節。概言之，文類不同，其人物、內容、情節與重點也會有所不同。古人所謂論詩文當以文體為先，其實文章就是依「體」而「裁」，「裁」而合「體」。了解文類、文體或體裁的差異與特質，自能有助於寫作與欣賞。

總之，本課程的目的，乃是為通識、親職與初學者設。因此在每章後面列有參考文獻，其目的除印證行文有依據外，亦可作為自我學習之用。

最後，我禁不住要說：寫給兒童看的書，不是為了教訓兒童；而只是為了引起他們的注意力和好奇心。同時，更盼望選讀本課程的成人，能從其中尋回已逝的童心，並獲得些許的乳香。

三　目次

第一章　總論

學習目標

　　——研讀本章內容之後，學習者應能達成下列目標：

　　一、兒童文學的源流、意義及其分類。

　　二、兒童文學的四項特性：1.兒童性，2.教育性，3.遊戲性，4.文學性。對兒童文學有更進一步的認識。

　　三、兒童文學的製作以「遊戲」和「情趣」為特色，並深入了解其目的為滿足兒童「遊戲的情趣」之追求和不違反教育為原則，並以此做為製作時的理論基礎。

摘要

一、兒童文學是起源於教育的需要。

二、考據各國兒童文學的源頭有三：

1. 口傳文學

2. 古代典籍

3. 歷代啟蒙教材

而早期外國兒童文學作品的翻譯，也刺激了我國兒童文學的發展，因此也算是我國新時代兒童文學的源頭之一。

三、早期，兒童文學常常被歸納為次等文學，至二十世紀之後方有改善。

四、兒童文學有廣、狹二義：廣義是指適合兒童閱讀的文學作品；狹義則是認為兒童文學應是特別為兒童而寫的文學創作，需有一定的特質。

五、兒童讀物因傳達媒介之不同，可分為文字與圖畫；亦因為寫作目的之不同，分為非文學類和文學類。

六、兒童文學最重要的基本屬性是文學性和兒童性，引申地說，其特殊屬性則有四：

1. 兒童性

2. 教育性

3. 遊戲性

4. 文學性

七、兒童文學製作的理論建立在「遊戲的情趣」上，也就是因「遊戲」和「情趣」而產生兒童文學，若缺少此二者，則不能成兒童文學的作品。

　　八、對兒童而言，兒童文學是一種遊戲的項目，因此，兒童文學的閱讀和寫作，其目的以滿足兒童遊戲的情趣為主，並以不違反教育原則為輔。

第一節　兒童文學的意義

本節包括兒童文學的緣起、定義與分類三部分。

一　緣起

我們相信兒童文學的產生，是肇始於教育兒童的需要。當然，或許我們不能說自有兒童教育之始，便有兒童文學產生；反之，也不是說，兒童文學作品的客觀存在是在兒童教育出現之後。因此從現存的歷史資料看，兒童文學作品幾乎跟遠古的民間口頭文學同時產生的，但那只是兒童文學的最原始形態，也可以說並未完全具備兒童文學的特點與作品的雛形。因此，我們可以說，隨著社會的發展，兒童教育觀念的改變，兒童文學的編寫態度，往往也隨著改變。只有社會精神文明發展到一定階段，兒童教育需要兒童文學來做為教育兒童的工具時，兒童文學才應運而生，並從文學中分化出來，成為一門獨立的學科。

在人類文化沒有達到產生「學校教育」的階段之前，教育是早已存在的了。不過，它的方式和後來的有些不同而已。在那種時期裏，知識教育的傳授只留給特殊階級的小孩；社交禮儀教育的對象亦只限於貴族階級；但是，品行、道德教育的對象卻是所有的小孩。而施教者是社會全體，特別是其中一部分富於經驗的長老者。他們教育的信條和教本，就是那些風俗習慣和民間文學。民間文學在人類的初期或現在未開發地區和文化國度裏的不文民眾，它差不多是他們立身處事一切行為所取則的經典。一則神話，可以堅固團體的向心力；一首歌謠，能喚起大部分人的美感；一句諺語，能阻止許多成員的犯罪行

為。在文化未開或半開的民眾中，民間文學所盡的社會教育之功能，是使人驚奇的。

因此，兒童文學的歷史，並不僅是止於八十年或一百年。我們不用遺憾古代沒有童話文體，如果我們肯去披閱古書，自會有不可思議的收穫。

總之，我國有優美的文化，自不至於沒有兒童文學。不過由於對兒童教育觀念的不同，在傳統的時代裏，都是以成人為中心。對於兒童，只要求他們學習成人的模式，以為將來生活的準備。這種現象，外國亦復如此。就以西方而言，直到十八世紀以後，兒童文學的創作，才開始以兒童的興趣與教育並重，英人紐伯瑞（John Newbery, 1713-1767）是第一個在他為兒童出版的書頁中，寫上「娛樂」字眼的人。從此，成人承認孩子應享有童年，並在文學上，表現他們那個階段的特質和趣味；進而探討那個階段的生活和思想型態。而我國，在新文化運動之前，各種書籍都是用文言文撰寫，它是屬於雅的教育，也就是所謂士大夫的教育。這種知識分子的士大夫階層，他們所用的傳播媒體（語言、文字）有異於大眾，可是他們卻是主導者。他們認為書籍是載道的，立意須正大，遣詞應典雅，必如此才能供人誦讀而傳之久遠。對於兒童所用之教材，由於「蒙以養正」的觀念，都是以修身、識字為主。百姓送子弟入學，目的亦僅是在認識少許文字，能記帳目，閱讀文告而已。兒童教育的目標既如此，所以教材以選擇生活必須的文字，如姓名、物件、用品、氣候等，均為日常生活所不可少者，於是就有所謂「三、百、千」等兒童讀物出現。而所謂的兒童故事，亦僅能附存其間而已。考各國兒童文學的源頭有三：

第一個源頭是口傳文學。

第二個源頭是古代典籍。

第三個源頭是歷代啟蒙教材。

就我國兒童文學的發展軌跡而言，二、三兩個源頭，由於教育觀念的不同，以及「雅」教育的獨尊，再加上舊社會解組時期的揚棄，致使在發展的承襲上隱而不顯。

至於口傳文學的源頭，事實上，傳統的中國，由於教育不普及，過去百分之七、八十的中國人，都生活在民間的文化傳統之中。他們的教育來自民俗曲藝、戲劇唱本等；他們也許不去唸三國志，但他們對三國演義就耳熟能詳。

又早期大量的介紹和翻譯外國優秀的兒童文學作品，就我國的兒童文學發展而言，無疑起了積極的作用。同時，也給作家創作帶來一定的啟發和借鏡。因此，外來的翻譯作品，也是我國新時代兒童文學的源頭之一。

二　定義

我國新時代的兒童文學發軔於何時？這是個有趣且爭議甚多的問題。一般來說，兒童文學一詞，亦自一九二〇年起始較廣為流行。

在西方，兒童文學也常被歸為次等文學、邊緣文學或模糊文學。甚至有人認為專為兒童所寫的作品，不應該稱之為文學。這種情形，直到十九世紀始逐漸被人承認為正當的文學創作。進入二十世紀以後，專業的兒童文學作家才漸漸出現，而學科也因此成立。但對於「兒童文學」的界定，則仍有各種不同的解說。

「兒童文學」一詞，就文法結構而言，是屬於組合關係的「詞組」，也稱「附加關係」或「主從關係」。其間「文學」是詞組中的主體詞，稱為「端詞」；「兒童」是附加上去的，稱之為「加詞」。它最簡單而又明確的解釋是：兒童的文學。

但由於文法結構的限制，它只是由兩個名詞組合而成的專有名

詞，其文義並不周延。且由於對「兒童」、「文學」有各種不同的解釋，於是有了各種不同組合的定義。

就主體詞「文學」而言，無論中外，皆有廣義、狹義之分。廣義的兒童文學即是相等於兒童讀物；而狹義的「兒童文學」著重在「文學性」，不包括非文學性的作品，亦即所謂「想像文學」或「純文學」類。就加詞「兒童」而言，以成長年齡分，「兒童」一詞亦有不同的說法。不論對兒童時期如何劃分，一個兒童能欣賞文學作品，在心理、生理、社會等方面，總要在三、四歲以後。依一九七三年一月二十五日經立法院三讀通過的兒童福利法第一章總則第二條謂「本法所謂兒童，係指未滿十二歲之人。」因此一般人所謂的兒童是指：自入幼兒所至小學畢業（三歲至十二歲）止的一段時期。若延長可至國中畢業（十五歲）。是以有人從發展的角度，將兒童文學細分為：幼兒文學（三歲至八歲）、兒童文學（六歲至十二歲）、少年文學（十歲至十五歲）。

又就「兒童」主體與客體「文學」之間的歸屬而言，仍有兩種不同的說法：

第一種說法是：所謂兒童文學，就是指適合兒童閱讀的文學作品，無論是兒童自己的寫作、成人作家特為兒童而寫的作品，或是成人文學作品之改寫、刪節，甚至直接選用介紹給兒童閱讀者，全在範圍內。這種說法最為普遍。

第二種說法是極端的狹義：認為「兒童文學」應是特別為兒童而寫的文學創作，需有其一定的特質。這種說法是興於「兒童文學」已有頗具規模的成長，且逐漸自成文學的一種之後。通常是在教授兒童文學之創作與批評時所採用的說法。

其實，各種界定劃分都只為便於解說，難有十分清楚的分界。在兒童文學演進的初期，自是兒童與成人文學間的界限顯然模糊不清。

然而就研究與教學的立場而言，兒童文學一方面要有兒童的特色；一方面要有文學的意義。因此我們認為兒童文學在本質上乃是在於「遊戲的情趣」之追求；在實效上則是在於才能的啟發，而其終極目的則是在於人文的素養。是以這種屬於兒童的文學作品，乃是經過一種的設計。這種設計，不論在心理上、生理上與社會上等方面而言，皆是適合於兒童的需要。

　　至於普遍的說法，「兒童文學」、「兒童讀物」兩個用詞，則屬互通的同義詞。有時兒童文學一詞，亦包括創作、鑑賞、整理、研究、討論、出版、傳播與教學在內。

三　分類

　　在未談到兒童文學分類之前，我們必須對兒童讀物一詞有所說明，我們一般所說的讀物是指書籍、雜誌與報紙而言。因此「兒童讀物」即是指專供兒童閱讀、欣賞、參考或應用的各種書報雜誌而說，這種屬於兒童的讀物，是經過一番精心設計而成，也就是說是為適應兒童時期的需要所編印的。

　　兒童讀物一詞，廣義的說法是：凡適合兒童閱讀的、欣賞的、參考的或應用的書報、雜誌，甚至幻燈片、電影片、電視劇皆是；而狹義的是：僅供兒童課外閱讀的書報與雜誌。

　　一般來說，兒童讀物，因其傳達媒介的不同，可分為文字與圖畫；又因寫作目的之不同，可分為非文學性的和文學性的，因此我們認為兒童讀物之分類：

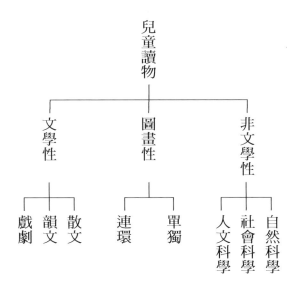

非文學性的讀物亦稱為知識性的讀物，重在傳達各種的知識；而文學性的讀物，則重在傳達美感或遊戲的情趣。至於圖畫性的讀物，則是一種視覺的藝術，而且是最具特殊色彩的一種形式。以兒童的立場來說，圖畫性的讀物可說是給幼兒的一種思想媒介，可以引導幼兒領會語言的聲音及意義。而嚴格來說，凡是兒童讀物皆不離圖畫，只是圖畫多少之不同而已。從學習心理的立場來說：知識性的讀物屬於直接學習；文學性的讀物是屬於間接學習；而圖畫性的讀物，則是屬於啟蒙性的學習。

　　直接學習是一種正規的教育，而我們這兒所要說的則是屬於間接學習的文學性讀物，也就是所謂的兒童文學。兒童文學與兒童畫、兒童音樂，在某種意義層次上當是相同的。兒童文學的目的，並不是在灌輸文學家最基本的文學訓練，而是在透過兒童文學來培養出一個富有創造能力，同時在理智與情感皆能達到平衡的健全國民為目的。更簡單的說，亦即是透過遊戲的情趣而達到智慧啟發的目的。兒童文學的內容包括至廣，依據前邊兒童讀物裏對文學性的分類再表細分如下：

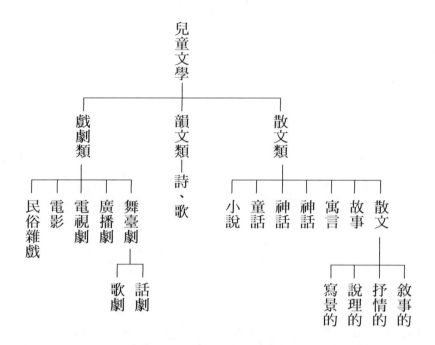

對兒童文學做分類，事實上是吃力不討好的工作，因此我們勢必做某種程度性的說明。表中所列散文包括：敘事、抒情、說理、寫景四種，這是涵蓋式的分法。至於日記、書信、遊記、傳記、笑話、謎語皆可包括在此四種裏面，而不做另種的排列。至於故事、寓言、神話、童話、小說原則上不論其材料來源如何，就其本身來說，皆含有故事性。其差異只是故事性的偏向有所不同而已，而我們把這些類型歸之於散文類，仍是採用傳統的分類法。

第二節　兒童文學的特性

「兒童文學」一詞，就文法結構而言是「主從關係」的詞組，從其中可見組成的基本或先決條件。反之，就修辭觀點而言，則可見其特性所在。由此可知，文學性與兒童性是兒童文學最重要的兩種屬

性。兒童文學的基本條件是「文學性」，這是共性，也是共同規律，兒童文學也要遵循這種文學創作的規律。至於「兒童性」，則是兒童文學的特殊性或特點所在，也是它異於成人文學的所在處。兒童文學應當首先是文學，兒童文學的共性和文學的一般規律應當是一致的。如果單講特點而不講共同規律，兒童文學就會偏離藝術創作的軌道，成為一種缺乏藝術特質的東西；如果單講共同規律不講特點，兒童文學又會失去自身存在的價值。

　　兒童文學的特殊性，是由其特定的讀者對象所決定的。兒童文學本身就是文學上的年齡特點。三至十五歲的兒童，他們的生理、心理與社會發展狀況有明顯的特徵。而其中又以教育性、遊戲性最為顯著。至於兒童文學的文學性雖是必然條件，但亦有異於成人文學的文學性。總之，兒童文學的基本屬性是兒童性與文學性。但引申的說，其特殊屬性則有四，試分述如下：

一　兒童性

　　所謂「兒童性」，亦即是承認兒童的「主體性」，這種觀點也是近代以來兒童文學觀的特點。

　　兒童文學之所以能自立門戶，是因為它有特定的服務對象。一般來說，是以三歲至十五歲為讀者對象的文學。這是它的特點與特殊性關鍵之所在。兒童文學最大的特殊性在於：它的生產者（創作、出版、批評）是具有主控權的成年人；而消費者（購書、閱讀、接受）則是被照顧的兒童。因此，從某種意義上說，一部兒童文學發展史，就是成人「兒童觀」的演變史。兒童文學的發現來自兒童的發現，兒童的發現直接與人的發現緊密相連。而人類對自身的發現，是一段漫長的探索歷程。

　　儘管自古以來就有兒童的教育問題，可是把兒童當作完整個體看待的觀念，卻遲到二十世紀初期才逐漸形成。在此之前，兒童被視為「小大人」，他們沒有自己的天地，只是成人社會的附屬品。二十世紀以後，由於發展心理學勃興，教育理念的演進，各界對兒童的獨特性加以肯定，認為從發展的觀點看，兒童不是小大人，而是有他們自己的權利、需要、興趣和能力的個人。聯合國於一九五九年通過「兒童權利宣言」，可說正是這種潮流的具體反應。

　　在一段很長的時間中，童年並沒有什麼特性。根據歷史學家的研究，歐洲各國在十六世紀以前，根本就沒有「童年」這個觀念，在那個時代，小孩子只是具體而微的成人，正因為「兒童」這觀念是逐漸發生的，所以兒童文學有意識的創作，在十六世紀以前，也就成為不可能的事了。

　　從「童年」這觀念的認清，到兒童文學的受到重視，其間約有二百年的時間。大概在十八世紀末以後，小孩子始不再是大人的縮影。在教育家眼裏小孩是獨立存在的。兒童需要一種特殊文學的觀念因而產生。於是兒童文學的創作，才開始以兒童的興趣及教育並重。

　　兒童的特殊性被承認，當首推十七世紀捷克教育家米紐斯（Johann amos comenius 1592-1670），他最主要的貢獻，就是把孩子看成一個個體。而英人洛克（John Locke 1632-1704）也認為教育必須配合孩子的天分和個人的興趣。其後盧梭（Jean-Jacques Rousseau 1712-1778）在《愛彌兒》中首揭兒童教育的基本主張。在《愛彌兒》一書中才能找到以孩子特別的本性為出發點的教育原則。在很確切的目的下，不論求取知識方面，禮貌教育或品德教育方面，大家開始為兒童寫作。盧梭掀起了兒童研究的狂潮，兒童也拜盧梭、洛克之賜，開始從傳統權威中掙脫出來。此後「自然兒童」的呼聲響徹雲霄；而後裴斯塔洛齊（Johann Heinrich Pestalozzi 1746-1827）更步其後塵，將「教育愛」

用於兒童身上；而福祿貝爾（Friedrich Wilheim August Fröbel 1782-1852）更身體力行，致力於學前教育；二十世紀以來，蒙特梭利（Maria Tecla Artemisia Montessori 1870-1952）以醫學和生理學眼光來探討兒童心靈的奧秘，提倡「獨立教育」，並創辦「兒童之家」；而杜威（John Dewey 1859-1952）則是進步主義運動的推動者；又皮亞傑（Jean Piaget 1896-1980）更以認知心理學的層次來開墾兒童心智上的沃土。他們都將教育的重點建立在兒童上，是「兒童中心」學說的反應。

所謂「兒童中心」的教育主張，就是尊重兒童的獨立自由性。在這種新觀念的主導下，「注重啟發」、「摒棄教訓」、「兒童本位」成為二十世紀兒童教育思想的主流。傳統教育「小大人」為目的的兒童讀物，已不符新的兒童教育觀念，因為它們是從大人的角度來編寫的，在內容上通常只考慮到文字的淺顯，並非顧及兒童的興趣與需要。真正的兒童讀物應該是以兒童為考慮中心的，它的目的是在幫助兒童的發展。因此，如何創作一些可以抓住兒童的好奇心、幽默感和挫折感的文學作品，正是現在兒童文學作家所要努力的。申言之，兒童文學要站在兒童的立場，用「兒童的心理」、「兒童的語言」來創作。兒童文學在形式上和內容上，都是受到限制的，當一個作家在為兒童寫作時，必須意識著：兒童特有的感覺，兒童特有的論理思考，兒童特有的心理反應，以及兒童特有的價值觀等。換言之，現代的兒童文學要以兒童發展為考慮基礎的，這是我們在談論現代兒童文學必須有的基本認識。

二　教育性

兒童讀物的產生，可說是緣於教育兒童的需要。因此，教育性

文學在所有的國家中，都是兒童文學的第一個階段。是以貝洛爾
（Charles Perrault 1628-1703）在每一則童話後，仍不忘對孩子說教一
番。文學當然具有教育性，否認教育性的文學自然是不完善的文學。
其實所謂的教育性，亦即是接觸到文學世界裏最古老的一個論題：文
學與道德。我們知道文學與道德或教育，就是在題材、作者、作品、
讀者之間，所構成的複雜關係。總之，文學與道德或教育，是極為複
雜的多層次多樣式多性質的關係，任何化約的單純想法，都有自我謀
殺的可能。

申言之，教育是人類才有的活動，也是永遠需要的，尤其是對於
兒童。兒童期是人生發展過程中的一個階段，也是人生的基礎時期。
人生早年所建立的態度、習慣與行為組型，是決定個體長大後對生活
調適的主要因素。

這個時期的兒童需要成人的保護。且由於生理及神經結構的可塑
性，所以較其他動物容易學習，且容易發展許多不同種類的適應型
態。這種「可塑性」的特質，即是「教育性」之前提。因此，兒童期
總適合教育聯繫在一起的，是一生中集中受教育的一個階段。文學寓
道德或教育，在歷史上佔勢力最長久，而在近代也最為人所唾棄。就
以成人文學而言，在中國，從周秦一直到近代西方文藝思潮的輸入，
文學都被認為是道德或教育的附庸，也就是所謂的「載道」；而西
方，從古希臘直到十九世紀，文藝寓道德、教育，是歐洲文藝思想中
的主流，到了十九世紀，它才受動搖。

這種文學與道德或教育性之關係，歷來爭議不休，或許我們可以
文學與教育關係為標準，將作品分成三類：

　　有教育目的者
　　一般人認為有反教育傾向者

有教育影響者註1

　　所謂有教育目的者，就是作者有意要在作品中寓教育。這類作品中極具藝術價值的，如班揚的（John Bunyan 1628-1688）《天路歷程》（*The Pilgrim's Progress*），我們不能因為作者有教育目的，就斷定他的作品好或壞。

　　一般人所謂具有反教育傾向的作品，其定義非常難下，通常大半指材料或內容中有不道德的事跡。

　　至於有教育影響與有教育目的應該分清。有教育目的是指作者有意宣傳一種主義，拿文學來做工具。有教育影響是指讀者讀過作品之後，在氣質或思想方面有較好的變化。有教育目的的作品固然有時可生教育影響。一切喜劇或諷刺小說都不免有幾分教育目的，這類作品如果在藝術上是成功的，無形中都可以產生教育性的影響。概略來說，凡是好的文學作品大半都沒有教育目的而有教育性影響。

　　其實，教育性應當是一切藝術、文學的共同特點，只不過兒童文學在要求「教育性」的程度和方式上與成人文學有所不同罷了。由於「教育性」的強調，導致不少人自覺或不自覺地忽視和否定了兒童文學的「文學性」，從而人為的給兒童文學造成了很大的局限性，嚴重地束縛了兒童文學的發展。

　　又由於對「教育性」本身存在著種種不正確的理解，以致於常常會產生一些反效果。如有人把「教育性」解釋為「教化」或向孩子灌輸某種思想，就使得不少的作品擺脫不了公式化、概念化的毛病；又如把「教育性」演化為「主題明確」，使得許多作品都在不同程度上存在「直、白、淺、露」的弱點；更有人把「正面教育」絕對化，只能寫「正面形象」，又只能寫優點不能寫缺點，更不能揭露陰暗面。

　　申言之，所謂教育性，並不意味著教訓性、道德性、倫理性。也

就是說它不是指狹隘的教化，也不是指直接性、有意的、有形的、組織的、系統的、制度化的有形教育；而是廣義的無形的教育，它是漫長的、漸進的。它的特點是經由耳濡目染而使人能夠淺移默化。其實，所謂教育性，只是成人單方面考慮的事。從兒童的立場來看，兒童文學應該是滿足兒童的需求，也就是藉著成人的幫助，在他們的理想世界裏，實現正確的人生觀，以及正當的生活態度。我們知道傑出的文學作品事會對讀者發生影響的。但是「說教」的作品卻不容易成為文學傑作，因為文學是「訴諸感覺」，所以「沒有感覺的思想」、「不可感的思想」，不管那思想性多具有教育性，如果不是用文學的方法來寫，就不是文學作品。

兒童文學是教育兒童的文學，是兒童心靈的食糧，必須滿足他們在心理、生理與社會等發展的全面需要，這種需要是德、智、體、群、美的全面性教育。我們相信兒童文學的先決條件應當是文學；同時也要具有「教育性」的目的。缺乏「教育性」的作品，根本不可能是兒童文學。當然，我們也了解要充分發揮兒童文學的「教育性」功能，「寓教於趣」是不二法門；而其效果則是一種潛移默化的過程。

三　遊戲性

一般稱之為「趣味性」，本文則易之為「遊戲性」。蓋取其較具豐碩的內涵。兒童文學需要遊戲性，不僅因為它是達到教育目的的一種手段，而且因為它在某種意義上也是目的。

遊戲本是個古老的名詞。它是人類的本能活動，人類與其他動物同樣具有遊戲的本能，所以會自然地發明各種遊戲來消磨時間。因此喜愛遊戲乃是兒童的天性，也是他們的第二生命。對兒童來說，遊戲是一種學習、活動、適應、生活或工作。

　　透過遊戲，兒童不僅能獲得大小肌肉的發展，語言的發展、思考、想像、解決問題能力的提升，更能幫助他們了解個人與環境的關係、淨化其負向情緒、促進社會行為的發展，而兒童的創意，更是藉著遊戲而發揮得淋漓盡致。遊戲是提供兒童在認知、社會化、情緒等各方面發展成長上極具價值的催化劑。

　　沒有人能夠強迫兒童，去閱讀不感興趣的書籍。雖然，教育文學在所有的國家中都是兒童文學的第一個階段。可是為了達到種種不同的目的，它具有通常屬於消遣文學之各式各樣的文學形態。因此，教育書籍寫得很吸引人是一個很古老的傳統。在兒童本位新觀念的主導下，兒童不再只是教育對象，從此之後，他們擁有作夢、也有嬉戲的權利。

　　其實，遊戲乃是人類的本能行為，它是一種無條件、與生俱來的生存方式。對於遊戲本質或起源的研究，歷代有之。雖因所持立場或觀點的不同，而有多種說法，追溯根源，遊戲說乃是康德（Immanuel Kant 1724-1804）所提示的，當時康德的遊戲說乃是為追尋藝術起源而立的。而光大此說的人，則是詩人席勒（Friedrich Schiller 1759-1805）其後又有他人加以修正。一般來說，文化裏原有的遊戲因素，隨著現代文明的崛起，逐漸地在沒落中。直至後現代狀況（一九六〇年以後）顯現後，對遊戲又有了全面性且深入的研究。

　　啟其端者，當以懷金格（Johan Huizinga 1872-1945）最為著名[註2]。懷金格是荷蘭的歷史學者，他於一九三八年寫下《人類——遊戲人》（*Homo Ludens*）一書。這是他唯一的一本論述遊戲的著作；也是當代被引用最多的的遊戲理論著作。在人類遊戲理論的研究史上，他樹立了一塊重要的里程碑——開創了遊戲現象本質的研究，啟迪了神奇的遊戲現象與人類文化之間奧秘的探查，並為「遊戲世界」與「真實世界」之間錯綜複雜的交互關係，導引了新的研究模式。他寫作《人

類──遊戲人》的動機乃是緣於他對於文化理論的一貫研究；對當時遊戲研究方法的反動，並呼籲對遊戲現象本質的研究；另方面則是反應和批評當時的政治情況及生活方式。他發現文化的源頭乃是遊戲，人類以遊戲而始，文化因遊戲而生。因此他的結論是：人類文化源於遊戲，拯救人類文明危機有賴純真遊戲精神的重視。

　　有關懷金格對於遊戲現象的描述，可分為三個部分：遊戲的形式特質、遊戲的功能特質、遊戲的根本特質。試分述如下。

　　遊戲的形式特質是就純粹遊戲現象的直觀而來，也是注重在遊戲本身的形式而言。其形式特質有三：

　　一、自由性。遊戲本身就是自己喜歡做的事，而非被命令才去做的
　　　　事。

　　二、非日常性。遊戲已非日常生活或是原本就存在的生活方式。換
　　　　句話說，遊戲逐漸從日常生活中脫離。

　　三、時空限制性。遊戲得在一定時間、空間的界線內進行。或者是
　　　　在制度上具有限定性。

　　又遊戲的功能特質則考慮道遊戲所具有的、不可磨滅的文化功能或社會功能。懷金格將遊戲的功能特質分為二個基本觀點，即競爭與表現。二者皆有助於文化的成長與茁壯。

　　至於遊戲的根本特質則在於樂趣。遊戲永遠必須具備有樂趣因素，它永遠無法省略，亦不受分析及所有邏輯解釋的影響而簡化，它是遊戲根本要素，它永遠伴隨遊戲而至，沒有樂趣的遊戲，就不是真的遊戲。

　　懷金格的著作特別注重於提升精神文化原動力的遊戲，對於極為通俗的大眾化的遊戲（如柏青哥、賽馬等），卻漠不關心。這也是羅傑・凱窪（Roger Caillois 1913-1978）指摘的原因所在。

　　凱窪是法國學者註3，他應用結構主義的方法更深入探討人類遊

戲的重要性，主要著作有《遊戲、比賽與人》（ *Man, Play and Games* ）該書架構源於懷金格的著作。但因為凱窪較明確、清晰，且帶有科學味道的行文，較容易為讀者所接受。

凱窪一再宣稱，他要研究的，並不是遊戲社會學，而是相信社會的整個基石，根本就是從遊戲而來。他採用結構主義的方法研究遊戲現象。並將遊戲現象分成表層結構與深層結構。

就遊戲的表層結構分析而言，可分三部分：

1　遊戲的特質

凱窪心目中的遊戲，包括的範圍甚廣，舉凡小孩的遊戲到大人的遊戲，高競技運動或一般的比賽，甚至賭博等機運性遊戲均包括在內，他認為遊戲有六個重要的特質：自由的、分開的、不確定性、非生產性、規則引導的、虛構的。

2　遊戲的範疇

凱窪將各種不同的遊戲歸類，分成四個基本的範疇，即競爭性的遊戲（agon）、機運性的遊戲（alea）、模仿性的遊戲（mimicry）、暈眩性的遊戲（ilinx）。每個範疇裏的遊戲又可以排列成從單純孩童般的遊戲，到複雜、有組織的遊戲所形成的連續體，他認為這樣的分類，可以包括個文化間所有智力性及體力性的遊戲。

3　遊戲的連續性特質

凱窪認為每類屬的遊戲，可依其組織化、精煉化或複雜化的程度，排列成一個如光譜的連續體，這個連續體的一端，可以用「單純」來表示，意味著幼稚、混沌、喧鬧、無秩序的狀態；另一端可以用「精緻」來表示，意味有秩序的、有組織的、有規則的、複雜的狀態。

　　凱窪對遊戲的研究，並沒有停留在遊戲的表層。他真正要探究的，是人類的文化現象，在本質上和遊戲不可分割的。換句話說，他要找出隱含在遊戲的現象裏，或他對遊戲結構的分類裏，某種穩定卻不能立即感知的脈絡。那種脈絡，發端於人類先天、無意識的構造能力，而形之於遊戲，進而隨時並影響著文化的發展。

　　凱窪在對遊戲現象作深層結構分析時，其方式是將四個遊戲範疇還原成二元對應的關係，並將它們一一相配，共得六對，六對中又劃歸成三組，即互斥關係組、偶發關係組、基本關係組。配對方式，如下表：

對別	配對方式		組別	組名
一	競爭	暈眩	一	互斥關係組
二	機運	模仿		
三	競爭	模仿	二	偶發關係組
四	機運	暈眩		
五	競爭	機運	三	基本關係組
六	模仿	暈眩		

　　他認為「競爭——機運」和「模仿——暈眩」兩對屬於基本關係組。從基本關係組中顯現出來的對立與互相依存關係，揭露遊戲對整個社會文化發展隱含的意義。進而指證遊戲是文化發展的基石。

　　其後，後現代狀況顯現，第三波的新時代來臨，所謂的新人類亦已出現註4。新時代一般稱之為資訊化社會、後現代社會。新時代是屬於感性與大眾通俗的時代，新人類亦稱之為遊戲人，他們對單調乏味的日常生活感到厭煩，開始在生活的各個層面中，注入遊戲，追求有朝氣的生活。在「遊戲化社會」裏，所有的資訊都應該具備遊戲的

功能，「遊戲」成為最重要的關鍵字。人與物的關係，以滿足快樂需求為存在之前提；人與人的關係，亦以快樂為主。所以，在生活的每個領域內，人類都積極尋求「遊戲」或「擬似遊戲」的愉快感覺。其所謂遊戲性或遊戲化的觀念有：

1. 追求愉快遊戲心的「愉快遊」，即追求有趣好玩的慾望。
2. 追求快樂遊戲心的「樂趣遊」，即追求興奮有期待的生活樂趣的慾望。
3. 追求驚奇遊戲心的「驚奇遊」，即滿足好奇追求新鮮生活的慾望。註5

　　面對強勢遊戲概念的侵襲，個人認為遊戲性非但是兒童本身的特色，更是兒童文學特點之所在。如何把遊戲性注入兒童文學之中，或許是我們理當省思的課題。

　　我們知道，遊戲對成人而言，或許只是一種消遣、娛樂或逃避例行事務的方法。對兒童而言，遊戲就是工作、學習，也是生命的表現。遊戲是兒童獲取經驗、學習與實際操作的手段。當兒童玩扮演醫生或建築師的遊戲時，他不僅是為好玩而已，他就是醫生或建築師。在遊戲中他嘗試扮演練習從四周環境中觀察到一些工作與技巧。

　　申言之，「從遊戲中學習」，是最有效的學習方式，因為其中具有創意、歡笑、美感與人性。我們相信只要是好的文學作品，多半都具有刺激人們的遊戲精神，令人覺得興奮。所謂「文化始於遊戲之中」，並非空談或無稽之言。

四　文學性

　　兒童文學應當首先是文學，這是不容懷疑的事實。而文學雖是個常見的名詞，但自有這個名詞以來，它的涵義即不固定。

　　從歷史上看來，文學一詞是代表著當時人對於文學的整個概念。他們的觀念，各個時代不盡相同。因此，文學一詞的涵義也跟著時代而有嬗變。

　　其實，只有在浪漫主義時期開始之後，我們對於文學的總概念才開始有所發展。「文學」一詞的現代意義只有到十九世紀才真正開始流行。然而對何謂文學，可能仍有各種不同的意見，但文學不能不是語言的構組，則無人能予否認。所謂構組是說它在組織結構方面別具匠心。語言是文學的藝術媒介，並不單單為了傳情達意。無論用什麼靈感理論來探討，文學語言都不是即興的產物。日常對話方式產生不了文學語言，連某些文體是用特種語域的方式也產生不了文學語言。因此，我們可以說文學是語言的藝術。這種構組語言的文學，在《語言學與文學》一書裏，認為其特徵有三：

> 1. 作家創作時在選擇特定的話語框架時的興趣。
> 2. 引來了一個被賦予過許多解釋的名詞「想像」。
> 3. 運用特殊技巧，通過制定模式來增強語言行為的效果。註6

　　文學作品的語言與日常語言或科學性語言的用法不同。科學性語言是概念的、定向的與認知的，語言本身是透明的，其目的在於認知意義，並力戒情緒的干擾。文學性的語言恰好相反，它是多向的、意象的、情感的，它可能有所指涉，但也可能沒有指涉，只表現一種情緒感受，只為了聲韻文字之美感而存在。它是一種更有力的不平凡的

語言表達。

　　申言之，文學語言需要知解、想像、感情的構成要素之充實而發生，也因這要素之崩潰而死亡。但在這些要素中，有些可知解而不可想像的，在作為文學的語言時，則仍屬於半死或全死狀態。所以造成這種狀態的重要原因在於使用頻繁，亦即「濫用」。濫用的結果，便磨損了它的想像感情的重要性，使意象的語言變成概念的語言，這種非文學的語言雖便於知解，但與審美的經驗、審美的快感則不相連接。因此，一篇作品，凡愈傾向於脫離純粹認知作用、愈注重文字本身的捏塑，就愈可能是文學作品。所以，文學作品與非文學作品之不同，不在於文字的組織，而是在於作者的寫作態度與表達方式。文學家知道文學只能喚起讀者的想像與美感，這些想像與美感最多只能達到抽象行動的功能，使人淨化。是以王夢鷗先生給藝術、文學的界說：

　　　　我們所謂藝術，一向還沒有個較深刻而扼要的定義。有之，就是最近韋禮克與華侖在其《文學論》中所說的：「藝術是一種服務於特定的審美目的下之符號系統或符號的構成物。」這裏所謂符號，當然是指一切藝術品所應用的符號，如聲音、色彩、線條、語言、文字，以及運動姿勢等等。倘依此定義來看，則所謂文學也者，不過是服務於特定的「審美目的」下之文字系統或文字的構成物而已。它之不同於其它藝術，在於所用的符號不同，但它所以成為藝術品之一，則因同是服務於審美目的。是故，以文學所具之藝術特質言，重要的即在這審美目的。反之，凡不具備這審美目的，或不合於審美目的，縱使有個文字系統或構成，終竟不能算作藝術的文學。註7

　　文學是語言的藝術，基本上，文學當然以成就美感價值為主，亦

即是透過語言以完成獨立自存之美的藝術結構，完成一美的價值，就是它自身主體性的完滿實現。對作品而言，它即是一切。但我們閱讀一篇文學作品，作品中卻有作者所欲傳達、作品所欲體現的意義。所以，文學作品的美感，乃是與意義密不可分。

又美的範疇或藝術的類型，姚一葦先生認為有：秀美、崇高、悲壯、滑稽、怪誕與抽象等六類註8，而屬於兒童文學的美感，個人認為似乎以「滑稽」為先。

第三節　兒童文學製作的理論

一般來說，兒童文學的製作，不外搜集、翻譯、改編、創作等四種，本節略述其製作理論，及對兒童文學應有的認識。

一　兒童文學製作的理論

從前一節的論述中，我們知道兒童文學與成人文學的相異之處，乃是在於「兒童」一詞。兒童無論在心理、生理與社會等方面的需要都與成人有差異。林良先生認為兒童文學的特質是：

1. 它運用「兒童語言世界」裏的「語詞團」，從事文學的創作。
2. 它流露「兒童意識」裏的文學趣味。註9

亦即是著眼於「兒童」。就兒童期而言，它只是人生過程中的一個階段，這個階段卻是最需要父母與師長的關注。又就兒童本身說，他的生活即是遊戲。因此我們相信兒童的遊戲是需要加以特別的注意與引導。從美學的觀點說，遊戲是藝術的一種形式，更明白說，藝術雖帶

有遊戲性，但藝術絕不止於遊戲，是以我們必須把遊戲加以引導，這就是里德（Herbert Read 1893-1968）所說的「遊戲是一種不正式的活動，能夠變成藝術的活動。因而獲得兒童有機發展的意義。」註10

　　就文學而言，是在於完成一獨立自存之美的藝術結構、完成一美的價值，也就是它自身主體性的完滿實現。其目的在於自我體現，而非任何其他目的的工具。也就是說文學的價值就在於它無用，而且，因為它無用，所以能具現一切用。若文學作品本身缺乏藝術價值，不能完滿具足其主體性，則一切功能皆無能顯現。

　　然而，藝術或文學的欣賞，並非單純的活動，我們知道作品之所以存在，是因為作者與讀者雙方的需要，需要借它來進行溝通；而要完成這種溝通，作品就必須具備可傳達性。而其間接引作品與讀者的媒介，或可稱之為遊戲。席勒在《審美教育書簡》一書中，極力倡言遊戲的重要性，他認為只有當人是完全意義上的人，他才遊戲；也只有當遊戲時，他才完全是人。他認為藝術家不是以嚴峻的態度對待他的同時代人，而是在遊戲中通過美來淨化他們，使他們在閒暇時得到娛樂，不知不覺地從他們的娛樂中排除任性、輕浮與粗野，再慢慢地從他們的行動乃至意向中逐步清除這些毛病，最後達到性格高尚的目的。這是藝術功能的顯現註11。又韋勒克・華倫於《文學論》一書第三章〈文學的功能〉裏亦云：

　　　　當一件文學作品的功能充分發揮時，樂趣和實用這兩種「特點」不但是並存的，而且也是合而為一的。我們所要保留的文學樂趣並不是種種樂趣當中的一種，而是一種「高級的樂趣」，因為它是一種較高級的行為，是無所希求的冥想中得到樂趣。至於文學的實用——也就是文學的嚴肅性和指導性——也是一種帶有樂趣的嚴肅，是一種無須克盡義務或克踐教訓的

嚴肅，而為美的一種嚴肅，賦予知覺的一種嚴肅。相對主義者
喜歡艱澀的現代詩，常常漠視美學的判斷，將他們的品味視作
個人的愛好，就同填字謎和下棋等一樣。而教育家則又誤向著
名的詩或小說可能賦有歷史的道德教訓中尋求其嚴肅性。註12

申言之，遊戲與藝術有相通之處；就廣義的遊戲（或曰休閒活
動）言，遊戲可包括藝術活動。因此把由活動性的遊戲變為藝術性的
遊戲活動乃是可能的事實；但其改變過程中必須留有相通之處，始能
為兒童遊戲與藝術所接受。能為二者所接受，則兒童文學有其藝術價
值乃由此而定。基於此理，個人把兒童文學製作的理論建立在「遊戲
的情趣」上。亦即是：

積極方面：在於「遊戲的情趣」之追求。
消極方面：不違反教育之原則。註13

此理論的論點是：就兒童而言是遊戲，就藝術而言是情趣，因
「遊戲」與「情趣」而產生兒童文學；這也就是說：透過語言所傳達
出來的兒童文學作品，在理論上它應該是屬於兒童的，同時也是藝術
的。屬於兒童的是遊戲，而這種遊戲亦當經過一種特別的設計形式，
使之合於教育的原則；屬於藝術的，即是情趣的捕捉。這種兒童文學
首要的目的乃是在於才能的啟發；所用的方法是藝術化的。所以我們
把情趣附屬於遊戲，遊戲因有情趣，乃成為藝術；而情趣由遊戲中得
來，所以適合兒童文學，這是所謂的藝術化的遊戲，這種藝術化的遊
戲才能算是真正的兒童遊戲。

兒童文學因有情趣的享受，所以亦能成為成人的文學；又因為偉
大的藝術是屬於一種自然與樸實的純真，所以真正好的兒童文學，也

能是偉大的藝術品。

　　我們相信，兒童文學的製作，在理論上若缺少「遊戲的情趣」，則不能成為兒童文學作品；當然也不能被兒童所接受。因為這種作品缺少一種教育性的特別設計；這種作品或許具有知識性、教育性與美學性，可是卻因為缺少兒童學的理論基礎，而不能發生實際效用，這也就是說他們忽略了兒童之所以為兒童的根本原因。

二　對兒童文學應有的認識

　　我們認為兒童文學對兒童來說，也只是一種遊戲的項目而已。因此對兒童文學的認識，仍當從「遊戲」的特質上加以解說。

　　凱窪認為遊戲有六個重要的特質：自由的、分開的、不確定性、非生產性、規則引導的、虛構的註14。這是現代遊戲的特質，似乎與兒童遊戲、原始遊戲有別。

　　申言之，遊戲本是一個古老的名詞，雖然就體育學的立場來說，它僅是體育的一種形式，可是就廣義的古老意義來說，它實在可以涵蓋體育的一切活動。遊戲是人類的本能活動，各種運動都是從遊戲發展而來的。而本文所說的遊戲即是指廣義的而言。當然，遊戲的意義常因所持觀點不同而有所差異，因此欲了解遊戲的意義，則需要從多方面加以考察。從兒童與原始的觀點，其遊戲似乎略同於現代所謂的「休閒活動」。其實，遊戲、運動、休閒雖屬三個領域，但其間亦有相同處。休閒活動是現在社會迫切需要的。所謂休閒活動是指個人除了工作以外參加的活動。而這種的活動是個人所志願選擇的，並且期望能從參加中獲得某種滿足的經驗。所以休閒活動的範圍頗難界定，當然其主要關鍵乃在於「能使參與者得到再生的情趣。」因此它的人數、地點，皆不定。而一般的說法，其特質有五項：

1. 閒暇時間：我們必須先有空閒時間才有休閒活動，所以工作不是休閒活動，因為工作不是為了消磨閒暇時間。

2. 有樂趣的：對參加活動的人來說，休閒活動必能給予歡樂和滿足。

3. 志願的：參加活動的人對於活動種類可以根據一己的志願自由選擇，不受任何外力的強制。

4. 建設性的：空閒時間可以用以消遣的活動很多，但是只有那些有建設性的活動才能列入休閒活動。

   所謂建設性的活動指的是那些有益身心又樂在其中的活動。例如賭博也是消磨時間的良法，但因賭博缺乏建設性，所以不能列入休閒活動。

5. 生存之外的：凡是為了生存的一切活動，都不具備休閒性質，所以吃和睡兩者不能稱為休閒活動。然而同樣是吃，一次野餐的性質就不同。因為野餐除了飽吃一頓以外，還包括交誼和遊戲，活動的目的既非單純的吃，那就具有休閒意義了。註15

從遊戲與休閒活動的特質觀點來看，我們認為對於兒童文學應有的認識是：

一、兒童文學的指導與閱讀，不能有本位主義的獨斷，理當在不違反學童的正規時間之下進行。

二、兒童文學當以滿足兒童遊戲的情趣為主，而非以培養未來的文學家為務。

三、不要過分強迫兒童去閱讀或創作兒童文學作品，理當出於自願與引導。

四、兒童文學的閱讀與寫作，除滿足兒童遊戲的情趣之外，又當以
　　不違反教育的原則為輔。

五、或說藝術為教育的基礎，但在這多元化的時代裏，藝術之訓
　　練，並非一定得通過兒童文學的訓練不可。

　　由此，我們知道兒童文學的閱讀與寫作，乃是近乎休閒活動（或
說遊戲），此種活動的目的，乃是在於啟發才能和培養優良的人格，
並非以培養日後文學家為目的（當然，若有所謂天才者除外。）因此
做父母與老師的人，不宜讓兒童參加各種商業性的比賽。參加這種比
賽，非但已失才能啟發的意義，同時對於兒童的心理，亦容易產生不
良的影響。

　　由於時代變遷快速，知識愈來愈分化，個人已不可能精通多門學
問，科技整合成為現代學術發展的必然趨勢。負責任的兒童圖書出版
社或雜誌，時常聘請心理學者、教育學者、傳播學者等等做顧問，就
是要發揮科技整合的功能，使編寫的兒童讀物，更能適合兒童的需
要。即使是個人的創作，亦需要多吸收其他學科知識，尤其是教育
學、兒童發展理論，相信作品的水準亦會更臻完美。

註釋

註1　見朱光潛著，〈文藝與道德〉，《文藝心理學》，（臺北市：漢京文
　　化事業公司，1984年3月），第七、八章，頁119-160。本文易
　　「道德」為「教育」。

註2　有關懷金格部分，本文參考：
　　加藤秀俊著，彭德中譯：〈遊樂哲學〉，《餘暇社會學》，（臺北
　　市：遠流出版公司，1989年11月），第三章，頁57-77。
　　劉一民著：〈人類為遊戲之靈〉，《運動哲學研究》，（臺北市：師

大書苑公司，1991年7月），第一章，頁3-24。

註3　有關凱窪部分，本文參考：

加藤秀俊著，彭德中譯：〈遊戲分類學〉，《餘暇社會學》，第四章，頁79-96

劉一民著：〈遊戲的深層結構分析〉，《運動哲學研究》，第二章，頁25-46。

註4　有關新人類、新時代除《餘暇社會學》外，並參閱下列各書：

馬家輝著：《都市新人類》，（臺北市：遠流出版公司，1989年7月）。

平島廉久著，黃美卿譯：《創、遊、美、人》，（臺北市：遠流出版公司，1990年2月）。

高田公理著，李永清譯：《遊戲化社會》，（臺北市：遠流出版公司，1990年5月）。

小川明著，李文祺譯：《新日本人》，（臺北市：遠流出版公司，1990年11月）。

註5　平島廉久著，黃美卿譯：《創、遊、美、人》，頁117。

註6　雷蒙德・查普曼著，王晶培審譯：《語言學與文學》，（臺北市：結構羣出版社，1989年3月），頁5、頁19。

註7　見王夢鷗著：《文藝美學》，（臺南市：新風出版社，1971年11月），頁131。

註8　姚一葦著：〈論滑稽〉，《美的範疇論》，（臺北市：臺灣開明書店，1978年9月），第五章，頁228-271。

註9　林良等編：《兒童讀物研究》，（臺北市：小學生雜誌社，1965年4月），頁106。

註10　里德著，呂廷和譯：《教育與藝術》，（高雄：自印本，1973年11月），頁234。

註11　以上參見席勒著，馮至、范大燦譯：《審美教育書簡》，（臺北縣：淑馨出版社，1979年7月）。

註12　韋勒克、華倫著，王夢鷗、許國衡譯：《文學論》，（臺北市：志文出版社，1976年10月），頁46。

註13　有關兒童文學製作的理論，詳見林文寶著：《兒童文學故事體寫作論》，（臺東：東師語教系，1990年1月），第一篇，頁1-48。

註14　詳見劉一民著：《運動哲學研究》，頁34。

註15　江良規著：《體育學原理新論》，（臺北市：臺灣商務印書館，1968年7月），頁334。

關鍵詞彙

民間文學	遊戲	小大人
雅教育	藝術	童年
想像文學	新時代	兒童中心
兒童讀物	文學語言	載道
遊戲性	休閒活動	教育性
文學性	娛樂	遊戲的情趣
自然兒童	次等文學	新人類
可塑性	蒙以養正	遊戲化社會
教育目的	兒童性	滑稽

自我評量題目

一、何謂兒童文學？試以自己的語言說明。

二、綜合本章所述，扼要說明兒童文學的特性。

三、在兒童文學的製作理論中，試說明遊戲和藝術的相通性。

四、試說明兒童文學的緣起。

五、從遊戲和休閒活動的特質來看，我們對兒童文學應有哪些認識？

參考文獻

一

中國民間文學概論　譚達先著　臺北縣　臺灣商務印書館　1988年8
　　　月　臺初版
中國兒童文學　王秀芝著　臺北市　臺灣書店　1991年5月
中國兒童文學研究　雷僑雲著　臺北市　臺灣學生書局　1988年9月
五十年來的中國俗文學　婁子匡、朱介凡合著　臺北市　正中書局
　　　1963年8月
西洋兒童文學史　葉詠琍著　臺北市　東大圖書公司　1982年12月
兒童少年文學　林政華著　臺北縣　富春文化公司　1991年1月
兒童文學　林守為編著　臺北市　五南圖書出版社　1988年7月
兒童文學　葉詠琍著　臺北市　東大圖書公司　1986年5月
兒童文學──創作與欣賞　葛琳著　臺北縣　康橋出版公司　1980年
　　　7月
兒童文學史料初稿　邱各容著　臺北縣　富春文化公司　1990年8月
兒童文學的思想與技巧　傅林統著　臺北縣　富春文化公司　1990年
　　　7月
兒童文學故事體寫作論　林文寶著　臺東市　東師語教系　1990年1月
兒童文學創作論　張清榮著　臺北縣　富春文化公司　1991年9月
兒童文學評論集　洪文珍著　臺東市　東師語教系　1991年1月
兒童文學綜論　李慕如著　高雄市　復文圖書出版社　1983年9月
兒童文學與兒童圖書館　高錦雪著　臺北市　學藝出版社　1980年9月
兒童文學論　許義宗著　臺北縣　中華色研出版社　1988年7月　九版
兒童文學論述選集　林文寶主編　臺北市　幼獅文化公司　1989年5月

兒童文學講話　李漢偉著　臺北市　復文圖書出版社　1990年10月
　　　增訂版
兒童成長與文學　葉詠琍著　臺北市　東大圖書公司　1990年5月
兒童故事原理　蔡尚志著　臺北市　五南圖書出版社　1989年10月
兒童故事寫作研究　蔡尚志著　臺北市　五南圖書出版社　1992年9月
怎樣寫兒童故事　寺村輝夫著　陳宗顯譯　臺北市　國語日報社
　　　1985年10月
書・兒童・成人　保羅・甘哲爾著　傅林統譯　臺北縣　富春文化公
　　　司，1992年3月
淺語的藝術　林良著　臺北市　國語日報出版部　1976年7月
敦煌兒童文學　雷僑雲著　臺北市　臺灣學生書局　1985年9月
慈恩兒童文學論叢（一）　林良等著　高雄市　慈恩出版社　1985年
　　　4月
認識兒童文學　馬景賢主編　臺北市　中華民國兒童文學學會　1985
　　　年12月
歐洲青少年文學既兒童文學　黃雪霞譯　臺北市　遠流出版公司
　　　1989年9月

二

一方活水──學前教育思想的發展　林玉體著　臺北市　信誼基金出
　　　版社　1990年9月
文學概論　王夢鷗著　臺北市　藝文印書館　1976年5月
文學概論　龔鵬程著　臺北市　漢光文化公司　1985年9月
文學論　韋勒克・華倫著　王夢鷗、許國衡譯　臺北市　志文出版社
　　　1976年10月
兒童的審美發展　樊美筠著　臺北縣　愛的世界出版社　1990年8月

兒童遊戲　James E. Johnsow 等著　郭靜晃譯　臺北縣　揚智文化公
　　司　1992年3月

兒童遊戲　何諾德著　謝光進等譯　臺北縣　桂冠圖書公司　1984年
　　12月

美的範疇論　姚一葦著　臺北市　臺灣開明書店　1978年9月

創、遊、美、人　平島廉久著　黃美卿譯　臺北市　遠流出版公司
　　1990年2月

當代文學理論　伊格頓著　鍾嘉文譯　臺北市　南方叢書出版社　1988
　　年1月

遊戲化社會　高田公理著　李永清譯　臺北市　遠流出版公司　1990
　　年5月

語言學與文學　查普曼著　王晶培審譯　臺北市　結構出版羣　1989
　　年3月

餘暇社會學　加藤秀俊著　彭德中譯　臺北市　遠流出版公司　1989
　　年11月

識知心理學說與應用　汪紹倫著　臺北市　聯經出版公司　1980年9月

貳、《兒童讀物》

林文寶等編著：《兒童讀物》

（臺北縣：國立空中大學，2007 年 12 月）

一　書影

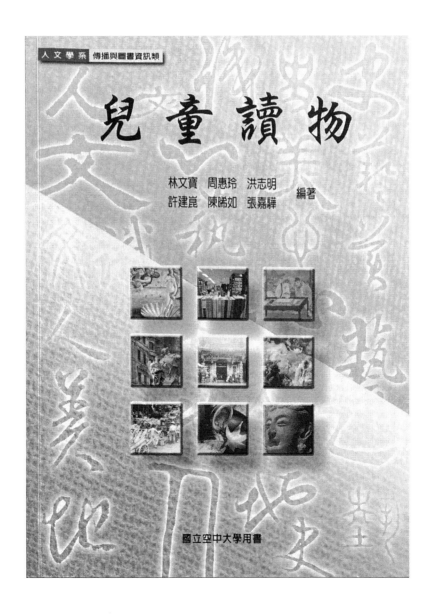

人 文 學 系　傳播與圖書資訊類

兒童讀物

林文寶　周惠玲　洪志明
許建崑　陳晞如　張嘉驊　編著

國立空中大學用書

二　序

千里共嬋娟？

一九九三年，我為空大策畫講授「兒童文學」，並出版《兒童文學》一書。十四年後，再度為空大負責講授「兒童讀物」，同時也出版《兒童讀物》一書。

一九九三年當年，靜宜大學文學院成立「兒童文學專案研究室」。第一屆「陳國政兒童文學新人獎」揭曉。

一九九四年，馬景賢主編《兒童日報》兒童文學花園版（1994·5～1998·2），第一屆師院生兒童文學創作獎頒獎。

一九九五年二月十七日，《國語日報週刊》創刊。十月，第一屆「國語日報兒童文學牧笛獎」頒獎。

一九九六年八月，臺東師院獲准籌設兒童文學研究所，隔年四月，正式招生十五名研究生。二○○三年八月，臺東師院升格為國立臺東大學，並招收博士，同時設立臺東大學兒童文學獎。年底，臺灣書店裁併，正式走入歷史。

人生天地間，忽如遠行客。（古詩十九首。青青陵上柏）

當年，編撰《兒童文學》，旨在為通識、親職與初學者而設。而今，編寫《兒童讀物》一書，則為成人的人文素養或關懷而立。新世紀的兒童文學觀，則是解放兒童的文學；同時，更是教育成人的文學。因此，在編寫的規劃與策略，則與先前《兒童文學》一書作合理

的區隔與延伸，亦即有相輔相成的效果。

從人文素養或關懷的觀點視之，本課程的學習，雖不以理論、歷史為主，卻也是不可或缺。除外，並著重作家、作品賞析。全書除前兩章綜論外，各章體例：定義、特質、作家與作品、作品賞析等四節，至於各章、節命名，並不在規範之內。

全書總計16章，其中兒童讀物的意義、兒童的閱讀與興趣、知識性讀物由本人撰寫，兒歌、童詩、寓言由洪志明執筆，幻想與科幻、推理與冒險、歷史小說、動物小說、生活小說由許建崑負責，童話、民間故事、遊記由張嘉驊書寫，圖畫故事書由周惠玲執筆，兒童戲劇由陳晞如編寫。其中許建崑是多年好友，在兒童文學界中，已屬老幹，其餘諸位皆屬學生輩。

總之，本書在論寫的規劃與策略，其目的在於：眾聲喧嘩與多元共生。

細數向來，雖非蕭瑟，亦無風雨也無晴。當年合寫《兒童文學》的好友，皆已轉離原師院職場。如今，重作馮婦，正似「黃花白華相牽挽，付與時人冷眼看。」（黃庭堅〈鷓鴣天〉）。或曰老驥伏櫪，志在千里。而千里者，並非只是共嬋娟，而是在於薪火相傳。

林文寶 謹識

三　目次

第一章　兒童讀物的意義

學習目標

　　──研讀本章後，學習者應可達成下列目標：

一、能說明「兒童文學」、「兒童讀物」、「童書」的意涵及異同。

二、認識兒童讀物發展的肇始及脈絡。

三、了解兒童文學與中產階級之間的關係。

四、了解在「兒童」概念下的兒童文學範疇。

五、了解在「文學」概念下的兒童文學範疇。

摘要

在「兒童文學」、「兒童讀物」、「童書」三個皆屬「主從關係」的詞組中，「兒童讀物」、「童書」是屬於普遍事實存在的用詞，是一般名詞，也是文學社會學的普羅用語。至於「兒童文學」一詞，則是屬於學術性術語，是專有名詞，是一種學門或學科的用詞。但就內涵而言，三者是相同的。

兒童文學發展的產生是肇始於教育兒童的需要。十六世紀以前沒有「童年」的觀念，十八世紀以後，「兒童」的出現及適合其需要的文學出現，兒童讀物開始蓬勃發展。

就「兒童」概念論兒童文學範疇，大陸王泉根主張三個層次與兩大部類，及幼年文學、童年文學、少年文學三層次，「以兒童為本位」、「非兒童本位」兩大部類。臺灣洪文瓊則以兒童發展分期，區分為幼兒文學、童年文學、少年文學、青少年文學。

就「文學」概念論兒童文學範疇，文學為藝術的子範疇，可就藝術涉及作者表達媒介（材）、作品的存在形式及內容，從這三方面探究兒童文學範疇。

第一節　名詞解釋

　　「讀物」（reading materials）一詞，是指書籍、雜誌、報紙等出版品而言。兒童讀物（children's reading materials）就是指兒童的讀物，也就是提供兒童閱讀、參考或應用的各種出版品而言，是為適應兒童時期需要而編寫與印行。彼得‧杭特（Peter Hunt）在《兒童文學》（*Children's Litearture*）一書中曾說（頁2-7）：

> 　　從事兒童文學研究最有意思的起點之一就是所謂「兒童文學」這個術語本身。或許這個主題最準確的術語是「寫給兒童的文本」（text for children），然而拆解開來解釋卻很有彈性。所謂「文本」，形式上可以指稱任何交流的形式。兒童文學顯著的特徵之一就是缺乏文類的「純度」，不管書籍、電影、影集、日記、傳記或周邊商品，這些被創意、詢問度和商業所驅動，經由改編、再製、吸納所生成的產物，兒童文學早已是這些多重面向經驗的文本所呈顯的一部分。所謂「寫給」兒童，作者可以做這樣的宣稱，出版者可以做這樣的臆想，想要產生緊密規訓方便管理所以給兒童一些書籍的成人也會這麼臆想，甚至更混淆不清的是，兒童本身也會認為某些書籍是「寫給」他們的。撇開到底怎樣才可以被稱為兒童的問題不談，這些寫給兒童的分類也沒有一個可信。作者的意圖本來就模稜兩可，而且他們所謂寫給兒童的判定標準也屢屢受評論者及讀者的挑戰。

　　兒童文學雖然有趣與模稜兩可，卻也因此引發諸多用詞的困擾，如兒童文學（children's litearture）、兒童讀物（children's reading

materials）、童書（children's books）等不同的
用詞。這些不同的用詞其間是否有所異同，又
其異同到底是如何？

　　中文界一般傳統的看法是兒童讀物涵蓋兒
童文學，林守為《兒童讀物的寫作》（圖1-1）
一書中分類如下表：

圖 1-1　《兒童讀物的寫
作》自印本

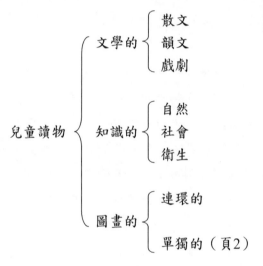

　　個人在《兒童文學故事體寫作論》（頁25-28）、《兒童文學》（頁9-
10）亦皆沿襲此說。但在《兒童文學故事體寫作論》中，亦曾認為：

> 兒童文學、兒童讀物兩個用詞，就廣義或一般用法而言，則屬
> 互通的同義詞。（頁28）

如今，思考再三，似乎有重新界定的必要。

考查臺灣地區相關的「兒童文學」用書，除傅林統《兒童文學的

思想與技巧》一書有論及「知識讀物篇」外，其他各書皆不涉及知識性讀物。反之，有關西方兒童文學教材，皆論及「非虛構讀物」（nonfiction books）（或稱資訊類讀物、傳記與資訊類讀物）[1]可見西方的「兒童文學」是文學類與知識類並列。

　　個人認為所謂「兒童文學」、「兒童讀物」、「童書」等用詞中，就文法結構而言，三者皆屬「主從關係」的詞組。申言之，「兒童讀物」、「童書」是屬於普遍事實存在的用詞，是一般名詞，也是文學社會學的普羅用詞。至於「兒童文學」一詞，則是屬於學術性術語，是專有名詞，是一種學門或學科的用詞。就內涵而言，三者是相同。是以臺灣地區的「兒童文學」鮮少涉及知識性讀物，似乎是我們對學門的認知不足所致。

第二節　緣起

　　我們相信兒童讀物（或文學）的產生是肇始於教育兒童的需要。雖然，或許我們不能說自有兒童教育之始，便有兒童讀物的產生，但也不能說兒童讀物的客觀存在是在兒童教育出現之後。因為從現存的歷史資料看，兒童讀物幾乎是跟遠古的民間口頭文學同時產生，是兒童讀物的最原始型態，但並未完全具備兒童讀物的特點與作品的雛形。

　　其實，就歷史的觀點而言，無論中外兒童文學的發展皆是非常緩慢而又閉鎖的。歐洲各國在十六世紀以前，根本就沒有「童年」這個觀念，在那個時代，小孩子只是個具體而微的成人。從「童年」這個觀念的認知，到兒童文學的受重視，則是歷經二百年的時光。在這二百年中，成人縱使是有意為兒童創作讀物，其內容也極少為娛樂兒童

1　見拙著〈兩岸兒童文學文體分類比較研究〉，頁35~41所列舉各書文體之分類。

而寫。它們都含有嚴肅的教訓目的，直到十八世紀以後，兒童讀物的創作，才開始針對兒童的興趣及教育並重之。

被稱為「兒童文學之父」的英國人約翰・紐伯瑞（John Newbery, 1713-1767），是第一個在為兒童出版的書當中的書頁上，寫著「娛樂」字眼的人。

捷克人康門紐斯（Johann Amos Comenius, 1592-1670），他於一六五八年出版《Orbis Sensu-alium Pictus》（意思是「圖畫中可見的世界」，英譯為 The Visible World in Pictures，亦有其他英譯版本，圖1-2），是真正為孩子創作的第一本書。此書以繪圖的方式，為孩子介紹日常生活中的萬事萬物。

圖 1-2　《圖畫中可見的世界》上海書店出版社

而在文學創作上，首先為兒童寫書的是英國女作家莎拉・菲爾汀（Sarah Fielding, 1710-1768），她的作品《女教師——少女們的小學塾》（The Governess, or The Little Female Academy）於一七四九年出版，可說是第一本專為兒童書寫的小說。

就歷史的事實與發展而言，十八世紀對兒童文學來說，在西方亦只是萌芽時期而已[2]。

個人認為兒童文學的自覺與茁壯，有賴中產階級的形成。因此，所謂的兒童文學，基本上可說是中產階級的產物。《歐洲青少年文學

圖 1-3　《歐洲青少年文學暨兒童文學》遠流出版事業股份有限公司

2　葉詠琍於《西洋兒童文學史》中，將18世紀列為萌芽時期。又約翰・洛威・湯森（John Rowe Townsend）在《英語兒童文學史綱》（Written for Children—An outline of English-language children's literature）中，全書第一部〈1840年之前〉，也有此意。

暨兒童文學》一書中說：

> 　　文字的應用一直是領導階級有力的工具之一。而後中產階
> 級運用壓力，透過印刷使書籍得以普遍化。同樣的，中產階級
> 也施壓力創立非教會的城市學校。中產階級希望他們的下一代
> 能夠保留他們在社會中所得到的某些權力。年輕的中產階級必
> 須經過實際的學習去得到領導人的資格，這種學習只有在學校
> 的書本文化中獲得。在這之前，只有教會人士才有權學習。這
> 也說明教育文學的存在。學習兩種完全不同的範圍：在日常生
> 活方面，中產階級的兒子必須得到他的身份所需要的工具，也
> 就是說，他必須曉得一些基本知識（閱讀、書寫及數學），在
> 道德生活方面，他必須知道一個正直的人的行為準則。教育文
> 學因此有雙重面貌：直接用的教育文學（教科書）和道德（寓
> 言、童話等）或宗教（聖人傳記、典範故事）文學。
>
> 　　除了中產階級的孩子外，還有老百姓的小孩。他們不需要
> 書本文化，老百姓有屬於他們自己的口述傳統、歌曲、詩詞和
> 童話，用以消遣他們、娛樂他們。這些通俗傳統被書本拾取而
> 組成了兜售文學的主要內容。我們也可以在法國的《藍色叢
> 書》（*Bibliothèque Blue*）中找到它們。（頁3）

又《大英百科全書》中「兒童文學」詞條[3]：

> 　　兒童文學雖屬文學主流中的支流，但也有其可辨認的歷
> 史。在某種程度上，它是某些有跡可尋的社會運動的產物，最

3　「兒童文學」。大英百科全書。2006年。大英線上繁體中文版。2006年5月9日（http://
　　wordpedia.eb.com/tbol/article?i=015426）

明顯的是「發現」了兒童；它又是獨立的，必須達到成人文學的許多標準，因此，它也發展出可以據以判斷它自身的美學標準。兒童文學的其他成熟尺度包括很廣，如註釋、知識、評論、歷史、傳記、書目，以及創作的美學理論或哲學理論等；此外，還要有發展自己機構的設施的能力：出版社、劇場、圖書館、巡迴故事員、評論員、期刊、「圖書週」、展覽會和獎金等。

接近工業革命前夕時，兒童文學仍處不太明顯的地位，主要原因可能是：兒童雖然存在，可是人們卻視而不見，所謂視而不見，指不把他當作兒童看待。在史前社會，人們是從他與部落的社會、經濟和宗教的關係去考察。兒童一直是當作未來的成人看待，因此，經典文學作品，要麼看不見兒童，要麼就是誤解了他。整個中世紀以迄文藝復興晚期，兒童仍然像以前一樣，是一個未知之域。1658年是一個轉捩點，當年，摩拉維亞教育家夸美紐斯（Johann Amos Comenius）出版了第一本兒童畫冊《世界圖解》（*Orbis Sensualium Pictus*）。他體現出一種新的洞察力：兒童讀物應屬一種特殊的級別，因為兒童不是縮小了的成人。但對這種洞察力進行有意識的、系統的和成功的利用卻過了一個世紀才開始。一般認為，把兒童當作值得加以特別考慮的個人和值得加以思考的觀念始於18世紀下半葉。兒童的出現及適合其需要的文學出現，與許多歷史因素聯繫在一起，其中有思想啟蒙運動、中產階級的興起，婦女解放運動的開始和浪漫主義運動。與此同時還出現了幾個無法預言的天才，如布雷克、李耳（Edward Lear）、卡羅爾（Lewis Carroll）、馬克·吐溫、柯洛迪（C. Collodi）、安徒生等。如果沒有他們，兒童還是不被發現。兒童一旦被認為是獨立的人，一種適於他的文學便應運而生，因此，到18世紀中葉，兒童文學終於開始發展起來。

　　兒童雖然得到了承認，但其文學有時仍然把他看做是一個小大人。「寫實主義」作品對他只做出了部分的反映，全面反映兒童的作品遠比反映成人的為少。兒童文學的發展，部分地有賴於拋棄這種機械的、以偏蓋全的態度。20世紀下半葉各先進國中的兒童小說令人鼓舞之處是，出現了比較有機的看法。兒童文學的第一個特點是出現較晚，發展也較慢，只是在發展道路開闢好以後，兒童文學才在寫作和插圖上採用新技巧。直到第二次世界大戰後，兒童文學才利用某些現實題材，如種族、階級、戰爭、性等。第二，各國和各個地區的發展速度很不均衡。第三個最突出的特點是，教室和想像力這兩種力量的平衡不斷變動而引起創作方法的衝突。以娛樂而不是以自我完善為目的，為了陶冶性情而不是為了增進文化知識的兒童文學往往發展較晚。教育性和想像性常被是為兩種相反性質，但未必總是敵對的。

　　而所謂中產階級的形成，則是產業革命的促成，這種以中產階級為基石的社會，即是由科學與技術所帶動的現代化的工商業社會，亦即所謂的第二波社會，金耀基於〈現代化與中國現代歷史〉一文有云：

> 從人類的歷史發展過程來看，今日人類正經歷著一個巨大的革命性的形變，當可以有不同的名詞來形容它。但歷史學者、社會學者所能給予它的名詞之一當是「現代化」。這個現代化運動的特色之一是它根源於科學與技術的。其特色之二是它是一全球性的歷史活動。更明確的說，這個現代化運動是人類社會所經歷的巨大形變的最近期現象，它是十七世紀牛頓以後導致的科技革命的產物（一般人常以工業革命稱之）。（見《中國現代化與知識份子》，頁24）

又艾文・托佛勒（Alvin Toffler）於《第三波》一書說：

> 我們把第一波時代訂為始於西元前八千年左右，然後一直主宰
> 著世界，直到約當西元1650年到1750年。從這時開始，第一波
> 失勢，第二波繼之而起。第二波的產品——工業文明繼而主宰
> 地球，直到崩潰為止。最近的歷史性轉捩點約在1955年左右開
> 始出現於美國——此後十年內，白領和服務業工人首度超過藍
> 領工人。同一時期電腦、商用噴射機飛行、避孕藥、以及許多
> 頗具影響力的新發明風靡一時。在這一時期，第三波開始在美
> 國蓄積勢力，然後在不同時期降臨其他工業國家，如英國、法
> 國、瑞典、德國、蘇俄和日本。今天所有的高度科技國家都受
> 到第三波和第二波落伍的經濟與制度之衝擊。（頁8）

了解與確信兒童文學是工商業社會或中產階級的產物，則有助於
了解我們兒童文學發展的歷史與事實。

第三節　分類

本節分類是指兒童文學（或讀物）的範疇。

一、就「兒童」概念下的兒童文學範疇

「兒童」一般是指「大人」相對的指稱詞。雖然，對「兒童」的
界定說法不一，但本文的「兒童」是指未滿十八歲者。

一九八九年十一月聯合國通過的《兒童權利公約》，第一條即明
文規定係指十八歲以下的自然人。

　　又臺灣地區於二〇〇三年五月二十八號公布《兒童及少年福利法》，第一章總則第二條亦明文規定「本法所稱兒童及少年，指未滿十八歲之人；所謂兒童，指未滿十二歲之人，所謂少年，指十二歲以上未滿十八歲之人。」

　　華人地區從「兒童」概念下論兒童文學範疇者，首推大陸王泉根。王氏於一九八六年十一月之《浙江師範大學學報（兒童文學研究專輯）》中發表〈論少年兒童年齡特徵的差異性與多層次的兒童文學分類〉（頁19-27）一文，主張把兒童文學分為三個層次的文學（幼年文學、童年文學、少年文學）。其後，於一九九一年七月在河北承德召開的「全國兒童文學創作分析會」上，又發表〈論兒童文學的三個層次與兩大部類〉一文（見《兒童文學探討》，頁68-79），進而從接受主體審美意識的自我選擇，將兒童文學分為「以兒童為本位」與「非兒童本位」的兩大部類。這是所謂的兒童文學的三個層次與兩大部類之說。

　　在臺灣，洪文瓊有〈兒童文學範疇論〉一文（見1996年6月《東師語文學刊》第九期，頁131-145）亦論及在「兒童」概念下的兒童文學範疇問題，他說：

> 其實正是由於發展心理學的實證研究，使得兒童的發展，可以更明確的分化區隔為嬰兒、幼兒、兒童、少年、青少年、青年期等，並逐漸成為獨立的研究領域，甚至發行以此些分期為名的學術刊物。如從此一觀點來看兒童文學，則兒童文學作為文學的一支，它本身再分化為青少年文學、少年文學、童年文學、幼年文學，並非沒有理論基礎。然而，這並不意味兒童文學界對「兒童」一詞的指涉範疇，已形成共識。國內兒童文學雖然已出現分化現象，但有關兒童文學的兒童上限和下限問

題，仍然有待兒童文學界加以釐清解決。

　　在下限方面，幼兒文學以隨幼教系在師院設立而得以進入學院的殿堂，並從兒童文學獨立出來。唯幼兒文學是否能再向下延伸，而發展出嬰兒文學，這並不屬於兒童的範疇問題，而是文學構成的素質問題，它的成立前提是有無嬰兒能理解，又夠得上稱為文學作品的東西。（頁135-136）

　　個人同意洪氏四個層次的說法。所謂幼兒文學、童年文學、少年文學、青少年文學的分期，非但符合發展心理學的分期，亦與當下教育學制相同，所謂學前小學、國中與高中即是。且已開發國家規定高中以下皆屬強迫性的義務教育，亦即是列入保護範圍之內。雖然，就皮亞傑認知發展心理而言，兒童的認知結構經過進化和發展，到了十一歲至十五歲少年這一階段，以達成熟。然而，事實上青少年這個時期，更曖昧的是，青少年因物質上及身體上的需要，必須像小孩般的依賴成人，但他們的行為，又處處拒絕童年，傾向成人[4]。

　　江紹倫於《識知心理學說與應用》一書亦說：

　　　　通過形式思想階段的發展，青年人[5]在知識上已達到足以解決所有智力問題的境地。換言之，他的知識機略再不會有結構上的改進了。但是達到了形式思想的青年，即使有了和成人同樣有效的思想潛能，並不等於說青年其思想在任何方面都可以媲美成人的思想。要注意分別的是，思想潛能與對某一事物的實在思想行為，並不是同樣的東西。對一定事情的分析解決，涉

4　D. Escarpit著，黃雪霞譯：《歐洲青少年文學暨兒童文學》（臺北市：遠流出版事業公司，1989年12月），頁2。

5　此處引文所指「青年人」，即為本文所謂的「青少年」。

及許多識知以外的因素，這些因素的考慮資料，必須通過生活經驗去獲得的。由於青年人的生活經驗顯然不能與成年人的生活經驗同日而語，因此青年人的形式運算思想與成人的思想雖然在結構上一致，但兩者的思想資料和結果卻各有不同。（頁75）

由此可知，青少年文學亦有其存在的必然性與必要性。

二、就「文學」概念下的兒童文學範疇

洪文瓊於〈兒童文學範疇論〉一文中認為文學是藝術的一個子範疇，藝術本身則是一種美的創作活動。他更認為從創作的角度來說，藝術涉及作者表達媒介（材），和作品存在的形式與內容問題等三方面。於是亦從這三方面探就兒童文學的範疇問題（詳見138-140）。其中，在形式和內容，則涉及兒童文學涵蓋的文體類型問題，這是所謂的文體、文類，亦是普遍通用的分類法。

個人有〈兩岸兒童文學分類比較研究〉一文（見2005年5月，《兒童文學學刊》第14期，頁1-45，圖1-4）。文中針對海峽兩岸兒童文學文體進行研究。個人於當中指出文體分類為傳統文學觀特色之一，並分別對海峽兩岸的文體流變進行歷史性的考察，比較兒童文學文體分類與研究的特性，對其差異加以進行探討。

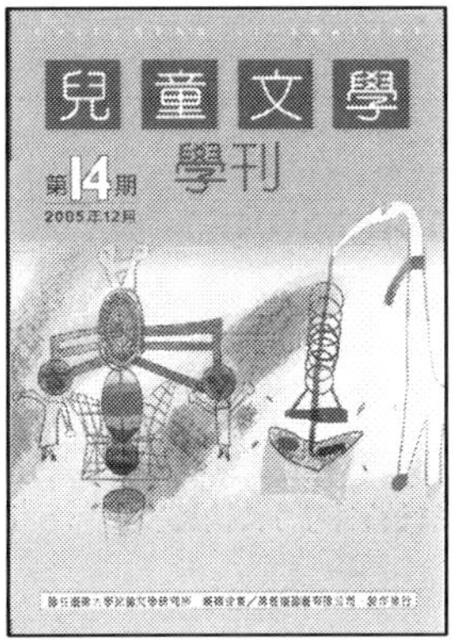

圖1-4　《兒童文學學刊》第14期臺東大學兒童文學研究所

研究中發現大陸與臺灣的兒童文學文體分類，有各自的歷史性。臺灣的分類較為穩定，而大陸方面則相對性較強。

　　論文附錄並提出西方九〇年代以來的九種文體分類，做為東西方
觀點的對照。

　　臺灣地區自吳鼎採用「散文形式的、韻文形式的、戲劇形式的、
圖畫形式的」四分法以來（《兒童文學研究》頁79-90），就「大類」
而言，可說是有其穩定性與可信性。又個人將「故事形式」從「散文
形式」中抽離成為一個「大類」，是以有五種形式的分類。這五種形
式的分類，就「大類」而言，是相當的穩定且有共識。至於「次
類」、「小類」，其中則與大陸、西方同。

關鍵詞彙

兒童文學	兒童讀物
童書	主從關係
第二波	第三波
中產階級	兒童讀物發展
兒童文學範疇	兒童本位
非兒童本位	幼兒文學
童年文學	少年文學
青少年文學	

自我評量題目

一、說明「兒童文學」、「兒童讀物」、「童書」的意涵及異同？

二、試簡述兒童讀物發展的肇始及脈絡？

三、說明兒童文學發展與中產階級之間的關係？

四、大陸王泉根主張三個層次與兩大部類，所指為何？

五、洪文瓊就兒童發展分期，將兒童文學如何分類？

六、就兒童文學文體分類，可分為哪五種形式？

參考書目

壹：專書

Peter Hunt. *Children's Literature*, Blackwell Publishers: Oxford, 2001.

中國現代化與知識份子　金耀基著　臺北市　時報文化出版公司　1991年11月

西洋兒童文學史　葉詠琍著　臺北市　東大圖書公司　1982年12月

兒童文學　林文寶、徐守濤、陳正治、蔡尚志合著　臺北市　五南圖書出版社　1996年9月

兒童文學之見思集　洪文瓊著　臺北市　傳文文化事業公司　1994年6月

兒童文學的思想技巧　傅林統著　臺北縣　富春文化事業公司　1995年3月　二版二刷

兒童文學故事體寫作論　林文寶著　臺北市　毛毛蟲兒童哲學基金會　1994年1月　三版一刷

兒童文學研究　吳鼎著　臺北市　臺灣教育輔導月刊社　1965年3月

兒童讀物的寫作　林守為著　臺南市　自印本　1969年4月

兒童讀物研究　司琦著　臺北市　臺灣商務印書館　1996年6月　修訂版

兒童讀物研究　張雪門等著　臺北市　小學生雜誌（畫刊）社　1965年4月

英語兒童文學史綱　約翰‧洛威‧湯森（John Rowe Townsend）著　謝瑤玲譯　臺北市　天衛文化圖書公司　2003年1月

書‧兒童‧成人　保羅‧亞哲爾著　傅林統譯　臺北縣　富春文化事業公司　1998年5月　一版二刷

第三波　艾文・托佛勒（Alvin Toffler）著　黃明堅譯　臺北市　經
　　　濟日報社　1981年2月

歐洲青少年文學暨兒童文學　D. Escarpit 著　黃雪霞譯　臺北市　遠
　　　流出版事業公司　1989年12月

識知心理學說與應用　江紹倫著臺北市　聯經出版事業公司　1970年
　　　9月

貳：期刊論文

論少年兒童年齡特徵的差異性與多層次的　兒童文學分類　王泉根著
　　　浙江師範大學學報（兒童文學專輯）　1986年11月　頁19-
　　　27。

論兒童文學的三個層次與兩大部類　王泉根著　兒童文學探討　1991
　　　年12月　頁68-79。

兩岸兒童文學文體分類比較研究　林文寶著　兒童文學學刊　第14期
　　　2005年12月　頁1-46。

兒童文學範疇論　洪文瓊著　東師語文學刊　第9期1996年6月　頁
　　　129-146。

參：網路資料

〈兒童文學〉　《大英百科全書》　大英線上繁體中文版　2006年
　　　（2006年5月9日 http://wordpedia.eb.com/tbol/article?i=015426）

肆：西文部分

Peter Hunt: *Children's Literature*, Oxford: Blackwell Publishers, 2001.

第二章　兒童的閱讀與興趣

學習目標

　　──研讀本章後，學習者應可達成下列目標：

一、能說明閱讀的意義何在。

二、了解推動閱讀最合適的時機。

三、認識閱讀行為的循環。

四、體會可讀性與兒童讀物的關係。

五、了解兒童閱讀的興趣。

摘要

閱讀是所有學習的基礎，探索閱讀的意義及本質，及研讀各種閱讀的範疇，如閱讀場所、閱讀方法、閱讀技術、閱讀循環等都有助於我們更了解閱讀的意涵。

「可讀性」是以計量的方法研究兒童讀物，較科學的計量方法是「可讀性公式」，而可讀性狹義的界說，是指容易被了解的程度。

兒童閱讀的興趣與讀物的特質、內容的難易、兒童的年齡、性別、智力、學力等，具有密切的關係。兒童閱讀是本能，非運動所能促成。對於閱讀的三項基本認識：（一）重視閱讀指導；（二）從兒童文學作品切入；（三）親子共讀。營造閱讀環境即是兒童閱讀，在營造中以身作則，並重視主體性與自主性。

　　傅林統於《兒童文學的思想與技巧》一書中，認為在兒童文學研究中，有三個早已存在，而且可能繼續存在的課題。這三個課題即是：

　　一、了解兒童喜歡怎樣的書。

　　二、了解怎樣的書才能幫助兒童成長。

　　三、研究怎樣表現才能扣住兒童的心。（以上詳見《兒童文學的思想與技巧》，頁29-38）

　　這三個課題一言以蔽之，即是直接相關於兒童的閱讀與閱讀興趣。以下試就閱讀的意義、閱讀的可讀性與閱讀的興趣等三方面說明之。

第一節　兒童閱讀的意義

　　閱讀是最實際的能力，它是所有學習的基礎，然而，閱讀的意義何在？目前仍有諸多的疑慮。

　　柯華崴於《教出閱讀力》中，認為推動閱讀需要從兒童，甚至嬰幼兒做起，其理由如下：

　　一、閱讀習慣需要培養，越早形成習慣越穩固。

　　二、閱讀能力需要慢慢學習而成，越早接觸閱讀以及越有機會接觸閱讀，能力就越早形成。

　　三、閱讀不只是為獲得知識，它也提供休閒、思考與內省的樂趣。越早開始閱讀，越能體會閱讀帶來的樂趣。（頁19）

　　至於閱讀的本質何在？郝廣才在《好繪本如何好》中，以繪本《爺爺有沒有穿西裝？》一書為例，說明閱讀的本質。他的結論是：

《爺爺有沒有穿西裝》讓孩子透過一個孩子，去問、去想生命將面對的問題，給孩子的啟發和幫助，超過一般的道理或相應不理。一本好書未必能找到最完美的解釋，也未必能回答孩子的疑問。但它能提供一個「體會的過程」，讓孩子學會打開情感的出口和入口。一樣的道理，如果不能取得讀者的認同，那書進不去他的心中，他的情感也沒辦法移出來。（頁41）

有關閱讀可討論的範疇頗多，如閱讀場所、閱讀方法、閱讀技術（指科技方面），以下試以艾登・錢伯斯（Aidan Chambers）《打造兒童閱讀環境》為例，試論閱讀循環。

閱讀循環是由艾登・錢伯斯所指出。他認為每次閱讀時，我們總是遵循著一定的循環歷程。其間的每一項環節都牽動著另一個周而復始的循環。所以，「開始」又正好是「結果」，「結果」又為另一個新的「開端」。閱讀循環的示意圖如下：

圖 2-1 《打造兒童閱讀環境》天衛文化圖書股份有限公司

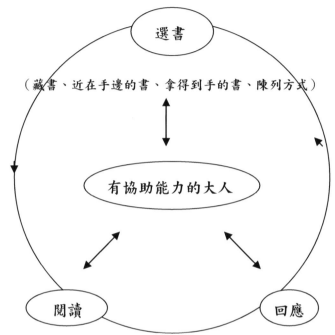

（頁16）

圖 2-2　艾登‧錢伯斯的閱讀循環

　　以下就閱讀循環的相關環節，分項略加說明：

一　選書

　　選書正是閱讀活動的開始，我們每一次的閱讀，都是從我們手邊的各項圖書資料中所做的選擇，像是書籍、雜誌、報紙、商業文件、政府出版品、垃圾郵件、廣告、度假手冊等等。即使只是單純地走在街上，也處處充斥著要我們去閱讀的「環境出版品」，像是路標、海報、店家的特賣訊息，甚至街角的塗鴉等。我們得從這一團混亂的鉛

字中，去選擇我們需要的資訊，一旦找到需要或是有興趣的資料，我們將會很樂意再繼續深入研讀。

閱讀的第一步是，我們身邊得要有一批藏書，而這些藏書需含括我們感興趣的種類。

因此，鼓勵閱讀的首要任務，就是學習如何選擇並建立一批豐富的藏書，同時把孩子視為成熟而可信任的讀者，指導他們如何有效地閱讀，並隨時提供必要的協助。

二　閱讀

對於學習剛起步的孩子而言，我們最能幫助他們的方式，就是依循著孩子在閱讀循環中的進展，隨時去肯定他們完成的每一個步驟。孩子能去注意到書架上的藏書，是一個步驟；能在架上選出一本他想讀的書，是另一個步驟；決定手上的書正是他想看的書，或再放回架上去，又是一個步驟；終於，他打算坐下來好好閱讀這一本書了，這也是一個步驟。

還有一點關於閱讀的重要概念，就是閱讀是需要時間的。

除了時間以外，閱讀還需要一個能讓專心而不被打擾的場所，比方說周遭若是有其他令人分心的活動在進行著，像是電視機附近，就很難讓人靜下心來閱讀。

三　回應

某種感覺像是喜歡、厭煩、刺激、有趣、愉悅等各種不同的感覺，而這些心得，正是最大的樂趣所在。其中，有兩種回應對幫助孩子成為一位思考型的讀者，是非常重要的經驗。

　　第一種回應是在讀完一本喜歡的書之後，期待能再經歷相同的閱讀樂趣。

　　第二種回應則是在讀完一本喜歡的書之後，迫不及待地想和人談論自己的閱讀心得。

　　談論書籍大概有兩種形式，一種是非正式的，屬於朋友之間漫無目的的閒談；另一種則是正式的討論，是較具思考性的討論。不論是哪一種形式的討論，都會驅使我們再次去歷經另一個閱讀循環。我們理解「討論」在閱讀過程中是扮演核心的角色，不管是一名成熟的讀者，或是一位初學閱讀的兒童，討論的重要性是不容忽視的。當然，其間的關鍵，就是在於和孩子討論書籍的是什麼樣的人。

四　有協助能力的大人

　　如果小讀者能夠有一位值得信任的大人為他提供各種協助，分享他的閱讀經驗，那麼他將可以輕易地排除各項橫亙在他眼前的閱讀障礙。這也就是在閱讀循環的中心點，強調的是「有協助能力的大人」這一個項目。

第二節　中文的可讀性

　　最先注意到「可讀性」（readability）研究的是教育工作者。在一九三〇年代中期之前，美國的一些教育工作者，設計了各種不同方式，用記量方法研究兒童讀物。其中若干較為科學的記量方法——就是「可讀性公式」（readability formula）——曾引起相當大的注意力。其間，可讀性公式的確曾影

圖 2-3　《兒童文學與兒童圖書館》學藝出版社

響了許多人的寫作，使寫作者開始注意讀者閱讀興趣與閱讀理解的問題。在臺灣，可讀性似乎是傳播界的議題。至於，兒童讀物界則乏人問津。此類可見資料已是少數，其中如高錦雪《兒童文學與兒童圖書館》（見頁28-30），更是持反對觀點。

可讀性，狹義的界說，是指容易被了解的程度。以下依林世敏《中文可讀性公式試擬》（圖2-4）所論，試為說明如下：

辛普森（E. Simpson）在《世界百科全書》（*World Book Ency-clopedia*）「可讀性公式」一節中，歸納了影響可讀性的六個重要因素：

一、句子的平均字數。

二、常用字的多寡。

三、字彙的平均音節數。

四、長而複雜的句子數。

五、抽象觀念的多寡。

六、人稱代名詞的使用。（頁28）

圖 2-4 　《中文可讀性公式試擬》嘉新水泥公司文化基金會出版

前四項又可以約略歸納成「句的長短」和「字的難易」兩項因素。而這兩項因素，亦是最受注意者。

一　句的長短

句的長短，雖然被普遍認為是影響可讀性的重要因素，可是中文界似乎缺乏明確的論據。傅萊區（Rudolf Flesch）研究英文句子的長短度跟文章難易的關係如下：

非常容易　　　　　　八個字以下

容　易　　　　　　　十一個字

還算容易　　　　　　十四個字

標準句子　　　　　　十七個字

還算困難　　　　　　二十一個字

困　難　　　　　　　二十五個字

非常困難　　　　　　二十九個字以上（同上，頁35）

　　傅萊區的標準，並非全然不可更動，但他認為，一個句子以十九個字為宜，越長的句子越不好懂，反之，則易懂。

二　字的難易

　　傅萊區主張字的零件要越少越好（頁39）。但漢字是不是筆劃越多越難？這個問題，研究者早已有定論：答案是否定的。一般說來，筆劃少的字除書寫比較省時外，在學習上，無論是認識、記憶或書寫，都屬筆劃較多的繁體字比較容易。因此，就中文可讀性而言，在字的難易方面，則不計字的筆劃。較為可行之道，則是以常用字來判定。一個字如果經常被使用，比起冷僻的字眼，大體上是比較容易了解的字。彭歌對「大多數人容易了解的字」有下列的說明：

> 一、比較容易讀得出來的字。「勖勉」不如「訓勉」，「顫慄」
> 　　不如「發抖」。
> 二、比較容易寫得出來的字。「剛纔」不如「剛才」，「矧且」
> 　　不如「況且」。
> 三、不用不易懂的字、冷僻難字、地方色彩過濃的字，某一年

齡或某一職業團體裡慣用的口或術語。如非使用不可，都
應該給予適當的解釋。

四、是最適當的字。（頁39-40）

除第四項外，均與常用字的性質有關。

華人中，最先從事漢字常用字彙研究的，首推陳鶴琴。他從1921
年開始，以兒童用書、報紙、兒童作品、古今小說及其他資料，作為
分析。在五十四萬四千四百七十六個字中，發現四千二百六十一個單
字。另外，張春興有〈近百年來常用字彙研究評述〉一文，全文以不
少的篇幅，對以往研究作詳細的介紹與評論。

為易於比較此間說法差異，以下試引用羊汝德《新聞常用字之整
理》（圖2-5）〈各家常用字研究結果比較表〉表2-1，以見各家認定常
用字的字數：

圖 2-5　《新聞常用字之整理》
臺北市新聞記者公會出版

表 2-1　各家常用字研究結果比較表

研　究　者	研　究　資　料	字　　數
陳　　鶴　　琴	報章雜誌及古今白話	4261
洪　　　　深	基本漢字	1100
平　　教　　會	平民千字本	1319
彭　　仁　　山	三民主義	2134
陳　　人　　哲	民眾文傳	2304
周　　祖　　訓	初小國語教本	2340
杜佐周　蔣成堃	商人文件與讀物	2538
王　　文　　新	初小教科書	2546
教　　育　　部	小學初級字彙	2711
杜佐周　蔣成堃	民眾文件與讀物	2774
杜佐周　蔣成堃	兒童讀物與作品	3654
王　　文　　新	初小高小教科書	3799
杜佐周　蔣成堃	民眾商人兒童文件及讀物	4117
敖　　弘　　德	普通讀物	4329
莊　　澤　　宜	綜合數家結果	5262
商　務　印　書　館	華文打字機	5372
教　　育　　部	最常用注音漢字字模表	3516
蔡　　樂　　生	常用字選	2000
國　立　編　譯　館	國民學校常用字彙	3861
中　央　日　報	自動鑄排機常用字彙表	2376
聯　　合　　報	自動鑄排機常用字彙表	2376
世界中文報協	新聞常用字	3000

資料來源：《新聞常用字之整理》（臺北市新聞記者公會出版，1970），
　　　頁132。

第三節　兒童閱讀的興趣

圖 2-6　《國語問題》
國立編譯館出版

兒童閱讀的興趣與讀物的特質、內容的難
易、兒童的年齡、性別、智力、學力等，具有密
切的關係。就兒童閱讀與讀物特質研究，國人以
艾偉為先。艾偉於《國語問題》一書（圖2-6），
第二章〈兒童閱讀興趣之研究〉，其結果有云：

1. 無論美國兒童對於英文或中國兒童對於
   國文或國語，其讀物之形式雖不同，而
   其閱讀興趣之趨勢則甚相似。此種興趣之濃淡，視讀物之特
   質為轉移。

2. 讀物之重要特質，似可分為驚異，生動，動物敘述，談話
   式，幽默，情節，男性，女性，兒童，成人，靜的敘述，知
   識灌輸（或注入式的知識報告），道德暗示等十三種。兒童
   所感興趣者為前九類，或前九類中之任何二三類之聯合。兒
   童所不感興趣者為後四類，或後四類中任何二三類之聯合。
   至前九類與後四類中之任何二三類之聯合，能否引起興趣，
   則視其聯合結果何如以為定。

3. 在讀物特質中不使兒童感覺興趣者，似佔少數，但在課本中
   屬於此類之讀物，為數特多，如遊記、常識（社會、自然、
   衛生三方面），應用文，甚至發明家之傳記亦在其內。國外
   研究中曾發見關於道德行為之敘述，兒童亦最不感興趣。

4. 小學各級兒童，對於閱讀興趣之相關甚近。其大者有至.95
   者，故各級兒童彼此之間，其興趣實相同。

5. 兒童對於韻文並不發生特殊興趣。有之，則必因其敘述或描

寫極生動，或含有他種使感興趣之特質在內。故文字任何形
式，如散文韻文，兒童視同一律，蓋此並非讀物中重要特質
之故。

6. 尋常家庭生活中之經驗，兒童對之似覺淡然，惟中學生及大
   學生並不如是。似人之年齡越長，其對於家庭生活之興趣亦
   越濃厚。

7. 讀物之深淺程度及其在兒童文學上優美程度與讀物之內容，
   （及前所謂之特質，此間由兒童選定選出者。）三者之間，
   有相當關係。假如吾人將前二者合併，以其結果而與第三者
   求多數相關，其數在蓋滋研究中為.63，在尤伯中為.64，此
   二數可稱極近。

8. 在吾人研究中，閱讀興趣與讀物難度，無甚相關。此種研究
   舉行於學生熟讀之後，似學生對於任何讀物，無論困難與
   否，或有無興趣，既經教員講授，即不得不學習純熟。因
   此，難度與興趣及無相關之可言。現在需要研究之問題，為
   讀物若有難易之分，則當學習之時，其所需之時間必有多寡
   之不同，此事實是否存在？又有興趣之讀物於熟讀之後，是
   否保持較久，不易遺忘？此二問題，吾人毫無所知，尚待繼
   續研究。

9. 吾人對於文言教學之嘗試，在小學五六年級全班中只有一學
   期，其後因故未能繼續，然據家長之報告，則謂下學期之文
   言教學，兒童對之，不如上學期之有興趣，似文言學習心理
   尚有繼續研究之必要。此種嘗試，若假手於對學習心理研究
   素乏經驗者，則一般的弊端又將發生。

就此九點，吾人似可得一結論，以為兒童文學之寫作，異常重
要，而寫作者對於兒童心理應有認識，尤為重要。蓋寫作者如

不了解兒童心理，則將不知如何引起兒童之興趣。若是，則關
於許多重要知識皆無由傳達兒童。又吾國流行之低中二年級常
識課本之編輯方法，就興趣而言，遠不如國語，固有採取上列
觀點而重新編纂之必要。至於文體為文言或白話雖與興趣無
關，而文言較難於白話，乃盡人皆知是事實，以是文言讀物之
選擇，當由白話為重要。普通所謂文言之難以教授者，多在於
讀物選擇不當，文字本身關係反為較少。（頁22-23）

其後，許義宗有《兒童閱讀研究》一書，
從多方面探討兒童閱讀的相關問題，可說頗為
詳實。

許義宗根據自己從事兒童文學研究、寫作
與調查多年的經驗，兒童所喜歡的讀物，具有
「趣味、新奇、驚奇、變化、同情、正義、含
蓄、動作、積極、暗示」等十種特點。（頁3）

又個人於一九九九年七月受文建會委託，
主持一項「臺灣地區兒童閱讀與興趣調查」。
為方便進行調查，研究以臺灣地區設有屬於三
峽國民學校教師研習會國語科實驗班的小學二

圖 2-7　《兒童閱讀研
究》台北市立女子師範
專科學校

至六年級學童為體；由於一年級學童入學不久語文能力恐有不足，可
能難以進行問卷調查，也就不列為研究對象。這些小學依所在地都市
化程度分成：1. 臺北縣市 2. 高雄市、臺中市、臺南市3. 其他縣市等三
層別，採等機率抽樣，最後實際各層別所抽人數有二千零八十。其中
除南投縣埔里國小為災區學校，所抽中的班級（計150）無法回收外，
其餘均能回收，其完成一七九四個有效樣本。經分析與研究，並於二
○○○年二月出版《台灣地區兒童閱讀興趣調查研究》一書（圖2-8）。

　　有關問卷調查，有「學童家擁有媒體與課餘活動」、「兒童閱讀狀況」、「兒童閱讀的興趣」等三部分。其中，有關「兒童閱讀興趣」，其現象如下：

一、閱讀書籍的形式：
　　依序卡通、漫畫型態的書、文字為主的書。又不曾在網上看書的高達66.6%，其中常看卡通的高達55.5%

圖 2-8　《台灣地區兒童閱讀興趣調查研究》行政院文化建設委員會出版

二、內容的類別：
　　最喜歡者笑話62.4%、謎語54.7%、冒險故事、漫話48.1%、童話39.1%。
　　選詩最喜歡者：童詩9%、現代詩3%、古典詩4%。
　　選少男少女小說最不喜歡者的比例高達26.1%。至於兒童所閱讀的讀物，選本土創作的比例最高46.2%、翻譯居次37.7%。選改寫的最少28.7%（以上詳見2000年2月文建會出版《台灣地區兒童閱讀興趣調查研究》，頁44-47）

從分析研究結果，我們的結論是：

1. 學童家中擁有的視聽媒體（如電視機、錄音機、錄放影機、電動遊樂器、個人電腦），可說已相當普及。
2. 學童家中訂閱報紙、雜誌的比率偏低。
3. 學童每天所擁有可自由運用的課餘時間，雖然120分鐘以上的佔最多（35.5%），但只有1-30分鐘的也有22.1%。

4. 學童喜歡看課外書的比例應該說是不低，又看文字為主的閱讀雖居第三位，但文學性讀物則偏低。又真是實踐看課外書超過一小時的比例則偏低。

5. 閱讀課外書主要來源來自父母者偏高。

6. 課外書資訊管道來自老師推薦者偏低。

7. 學童閱讀場所以家中為主，且以自己一個人閱讀為主。

8. 學童最喜歡的讀物是笑話與漫畫，比例高達四成，至於最喜歡詩者（含童詩、現代詩、古典詩），合計比例不到2%。

9. 學童所閱讀的讀物，選本土創作的比例46%，翻譯37%，選改寫的有28.7%（同上，頁57）

至於，建議則是：

1. 對學童而言，主體性有待加強。

2. 對父母而言，可否放輕鬆些。

3. 對教師而言，可否稍加典範。

4. 對出版界而言，本土創作並不寂寞。

5. 對學術界而言，小說對學童的適切性值得探討。（同上，頁63-64）

　　個人認為閱讀的本質是一種互動，一種休閒和遊戲，更是一種終生的本能行為或習慣。

　　而所謂的兒童閱讀，並非運動所能促成，對兒童而言，閱讀是本能，是遊戲，只要可以舞動、品嚐、觸摸、傾聽、觀察，並且感覺周遭的各種訊息，孩子們幾乎沒有任何學不會的事情。

　　申言之，兒童閱讀對父母與教師而言，個人看法如下：

一　三項基本認識

1. 重視閱讀指導。自一九九六學年第一學期（8月）起實施的國民小學課程標準中，已有「課外閱讀」。是以加強閱讀指導乃是必然，亦是必須。

2. 從兒童文學作品切入。我們沒有辦法強迫兒童閱讀他不喜歡的書。只有「樂趣」的兒童文學作品，才容易激發兒童禁不住要閱讀的動機。

3. 親子共讀。不只是單篇短文的共讀，更要邁向長篇且長時間的共讀。

二　執行原則

在於「以身作則」與「認清對象」。只要師長能有閱讀習慣，並能提供閱讀環境，自然會有喜歡閱讀的兒童。同時，更當認清兒童閱讀的需求，要明白成人感受的閱讀樂趣，在性質上跟兒童有區別。

我們相信孩子是上天賜給父母的恩寵，以孩子的心，以孩子的情，以寬廣的愛去教育孩子，就是回饋上天禮物的最好表現。

父母、教師如果懂得經驗自己和經驗環境，是啟發孩子良好性格的動力。

其實，經營之原則和方法，是建立在愛、尊重與肯定，更簡單的是老生常談的「以身作則」。

是以所謂的兒童閱讀，即是在於閱讀環境的營造。在營造中以身作則，在營造中重視主體性與自主性。於是，所謂的兒童閱讀自能有文化傳承的共同記憶。

關鍵詞彙

閱讀	兒童閱讀
閱讀技術	閱讀循環
可讀性	閱讀的樂趣
兒童讀物	課外閱讀
親子共讀	主體性
自主性	互動
回應	

自我評量題目

一、何以推動閱讀要從兒童做起？

二、試說明艾登・錢伯斯的閱讀循環？

三、何謂可讀性？

四、就辛普森在《世界百科全書》中，有哪幾項因素是影響可讀性的？

五、對於兒童閱讀的三項基本認識為何？

六、說明你自己的閱讀習慣及你認為如何推動兒童閱讀？

七、說明「以身作則」及「認清對象」在推動兒童閱讀上的重要？

參考書目

中文可讀性公式試擬　陳世敏著　臺北市　嘉新水泥公司文化基金會　1976年1月

台灣地區兒童閱讀興趣調查研究　林文寶計畫主持　臺北市　行政院文化建設委員會　2002年2月

打造兒童閱讀環境　艾登・錢伯斯著　許慧貞譯　臺北市　天衛文化圖書公司　2001年1月

好繪本如何好　郝廣才著　臺北市　格林文化事業公司　2006年9月

如何閱讀一本書　莫提爾・愛德勒、查理・范多倫著　郝明義、宋衣澤譯　臺北市　臺灣商務印書館　2003年7月

兒童文學與兒童圖書館　高錦雪著　臺北市　學藝出版社　1981年9月

兒童閱讀研究　許義宗著　臺北市　臺北市女子師範專科學校　1977年6月

兒童讀物研究　司琦著　臺北市　臺灣商務印書館　1993年6月　修訂一版

兒童讀物研究　張雪門等著　臺北市　小學生雜誌社　1965年4月

孩子一生的閱讀計畫（修訂版）　編輯部　臺北市　天衛文化圖書公司　2003年9月三版一刷

怎樣突破讀書的困境　張春興編著　臺北市　臺灣東華書局　1982年10月

思考手冊　鄧育仁著　臺北市　毛毛蟲兒童哲學基金會　1996年11月

討論手冊　楊茂秀著　臺北市　毛毛蟲兒童哲學基金會　1992年11月

國語問題　艾偉著　臺北市　國立編譯館　1955年5月

教出閱讀力　柯華葳著　臺北市　天下雜誌公司　2006年11月

教育的應為與難為‧近百年來常用字彙研究評述　張春興著　臺北市
　　臺灣東華書局　1987年8月　頁205-271

童書三百聊書手冊（低、中、高年級各一冊）　國立教育研究院籌備
　　處研究組編輯　臺北市　教育部　2002年9月

新聞常用字整理　羊汝德著　臺北市　臺北市新聞記者公會　1970年
　　9月

說來聽聽──兒童閱讀與討論　艾登‧錢伯斯著　蔡宜容譯　臺北市
　　天衛文化圖書公司　2001年2月

談閱讀　Kenneth S.Goodman 著　洪月女譯　臺北市　心理出版社
　　1998年11月

第十六章　知識性讀物

學習目標

　　──研讀本章後，學習者應可達成下列目標：

一、能說明知識性讀物的意義。

二、認識知識性讀物的類型。

三、體會知識性讀物的功能。

四、認識知識性讀物的特質。

五、依據知識性讀物的特質，賞析知識性讀物。

摘要

　　知識類讀物主要是告知讀者某一特殊主題、議題或觀念，意指「關於事實的文學」，也可稱為非虛構毒物。

　　在文體的類型上，中西方對知識性讀物各有不同的見解，但依知識領域可分為自然科學、社會科學及人文科學等三類。

　　知識性讀物必要的原則有：正確的知識、明確的說明；適切的表達。又其特質為：一、正確的知識；二、文學性；三、通俗性；四、趣味性。

　　個人在〈兩岸兒童文學文體分類比較研究〉一文〈結語〉中，曾就西方九〇年代以來九種兒童文學論著的文體分類加以歸納比較，其現象有三：

　　1. 文學類與非文學類並列。

　　2. 文學分類亦無同一判準。

　　3. 傳記文學、歷史小說與傳記並列。（見《兒童文學學刊》14
　　　　期，頁35-41。）

　　所謂非文學類、傳記，即是指知識性讀物而言。知識性讀物是西方兒童文學中重要的文類，而兩岸似乎皆不重視，甚至不歸屬於兒童文學之中。其實「知識性讀物」是兒童文學的一個很大的領域，可是目前台、海兩岸兒童文學界少有人討論，甚為可惜，以下試論之。

第一節　知識性讀物的意義

　　知識性讀物（informational books）是臺灣地區的用語，大陸或稱「邊緣類個體」、「應用類個體」、「科普讀物」，而西方有稱之為「非虛構讀物」（nonfiction books）、「知識性讀物」。以下試分辨之：

一　名詞解釋

1　邊緣類個體

　　這是大陸的用詞，始見於周曉波〈兒童文學文體分類的歷史性和新基點〉一文中，周氏將兒童文學分成「文學類個體」、「應用類個

體」、「邊緣類個體」等三大塊，而蔣風主編《兒童文學原理》中，則分成「文學類個體」與「邊緣類個體」兩大塊（P106-108）。其間與本文所指「知識性讀物」相近者是「應用類個體」。無論「應用類個體」或「邊緣類個體」，皆未成為普遍性的學術用詞。

2　科普（popular science）

這是大陸地區特有，且是普遍的用詞。如今臺灣也開始有了「科普」的名稱出現。所謂科普作品是指「科技文體的一種變體，是文學和科學相結合的寫作體裁，其目的是：「普及科學技術知識、倡導科學方法、傳播科學思想、弘揚科學精神」。[1]這是「科普」的本義。其實，科普不僅是指自然科學，也包括社會科學。[2]

3　非虛構性讀物（nonfiction books）

《兒童文學的要素》（*Essentials of Children's Literature*）中說：

> 在兒童文學裡沒有絕對的文類定義是可以理解的，例如寫給兒童的非虛構讀物並不限於僅只包含事實的作品。而這個文類最好的定義方式是按書寫的比重來看：兒童非虛構作品的內容重點是記錄事實，其主要目的是告知；相對的，虛構文學的內容大多是想像的產物，其目的是娛樂。正因其目的所在，非虛構作品往往被稱作「知識類文學」（informational literature）。有些國家現已採認所謂第三類文學，稱之為faction，即包含虛構和非虛構作品的元素。丹麥的國家教師閱讀協會會長摩根斯珍

1　見郭達中著：《科普與科幻翻譯：理論、技巧與實踐》（臺北市：中國對外翻譯出版公司，2004年12月），頁XXII。

2　郭達中著：《科普與科幻翻譯：理論、技巧與實踐》頁6。

森就說faction如同「非虛構讀物」，主要是靠「虛構元素」來呈現：說得好的非虛構作品有虛構的語調，但事實上所講的是非虛構性的，而且絕對是正確無誤。雖然北美並沒有把faction視為一種獨立文類，但卻認為它屬於非虛構讀物的一部分。跟書籍和兒童打交道的成人對這一類的文學作品也頗有意識，特別是這類作品對八到十二歲男童的吸引力不容小覷。時至今日有為數不少的作品是用敘事的緞帶來包裹純粹事實的知識訊息。（頁152）

　　一般說來，針對某一主題做解釋的知識性讀物，就被歸類為「非虛構」。而「非虛構」這個術語指的是有關知識和事實的讀物。非虛構的知識性讀物不同於虛構作品之處，在於其書寫重點不同。兩者可能都有故事，也都可能涵蓋事實。然而，就虛構作品看來，故事是至上，有時候事實只是用來支撐故事；反之，非虛構作品，則是事實至上，而故事或許只是被用來作為表現技巧[3]。

4　資訊類讀物（informational books）

　　亦有譯作知識性讀物者。《稚手閱童書》（*Children's Books in Children's Hands*）中說：

知識類讀物是一種創造出來的文類，主要是告知讀者某一特殊主題、議題或觀念。知識類讀物（informational books）有時候意指「關於事實的文學」（the literature of fact），旨在傳遞關於世界的真實訊息。雖然傳記和知識類讀物一般被歸類為非虛

3　見《文學與兒童》（*Literature and the Child*），頁313。

構，不過許多知識類讀物的作家卻不願把他們的作品稱為「非虛構」。他們不採納「非虛構」這個術語是因為這個術語用的是「『虛構』以外」並不是以他們作品本身主體來當作文類判準。（頁377）

而《初等學校兒童文學》（*Children's Literature in Elementary School*）當中亦表示：

> 多年來兒童文學界的學者一直都用「知識類讀物」（informational books）而不用「非虛構讀物」（nonfiction books）這個術語來劃分那些為兒童創作基於真實而非想像的作品。不過近來在兒童文學界的趨勢正好相反。潘尼寇曼（Penny Colman）在〈非虛構亦文學〉一文中指稱「知識類」（informational）這個用詞總讓人聯想到百科全書和教科書，他說道：這個術語不能觸及與種類繁複的非虛構讀物的關係，諸如傳記、歷史、真實冒險、科學、運動、照片紀實、回憶等等無不齊備供給兒童和青少年取閱，並且寫得漂亮，就跟虛構作品一樣引人注目而有魅力。（頁501）

儘管兒童知識性讀物為數甚夥（通常佔圖書館藏百分之六十至七十五之多），不過直到二十世紀晚期仍未受到批評家和學者的重視，往往不被劃歸到文學之列。原因歸咎於：一、許多這一類的書都持續以系列的形式出版，即便其中有一些品質優良，但是有很多卻千篇一律、膚淺且倉促寫就。通常都是迎合課室需求，圖書館才會購入，聊勝於無。二、許多非虛構讀物相對壽命短暫，即便是兒童讀物，及時性也很重要，而兒童讀物並沒有迫切立即受到新近研究成果的影響。

只有極少數知識類讀物可以歷久彌新。有多少為成人所寫關於社會議題、政治學、科學、地理和歷史的書籍可以存活攀到經典地位呢？圖書館分析就傾向購買這些有保留價值的作品。三、雖然最好的非虛構作品往往具有敘事魅力和想像力，也懂得運用很多虛構作品常見的文學技巧，不過非虛構作品往往缺乏可以吸引讀者的敘事或說故事的魅力。

　　二十世紀晚期，各式各樣政治、經濟、科技、教育的趨勢匯聚，促使兒童非虛構讀物有本質上的革新，也使其得到較大的重視，批評的關注也隨之而至。

二　知識性讀物的類型

　　李利安‧史密斯（Lillian H. Smith）在《歡欣歲月》（*The Unreluctant Years*）（1953年出版）中，雖然最後一章是〈知識的書〉，其中亦論及各種知識性的讀物，但對類型並未詳加論述之（圖16-1）。

圖 16-1　《歡欣歲月》富春文化事業公司

　　臺灣地區真正將知識性讀物列入「兒童文學」中者，首推傅林統，傅氏在《兒童文學的思想與技巧》（圖16-2）一書中，有〈知識讀物篇〉，其中對知識性讀物的類型有云：

圖 16-2　《兒童文學的思想與技巧》富春文化事業公司

> 「非小說讀物」的範圍很廣，包括科學讀物、歷史故事、生物記、遊記、傳記、報導文學、隨筆、日記、書信等。不過在兒童讀物來說，科學讀物、生物記、

報導文學和傳記是比較重要，並且也是分量較多的部分，同時
也可以用這四種來歸納非小說讀物的類型。（頁365）

傅氏的分類，雖簡約，卻不見理路。

又郭建中於《科普與科幻翻譯：理論、技巧與實踐》一書中從各
種不同的角度，對科普讀物進行分類，其說明如下：

從科普讀物的題材來分，可分為自然科學與技術知識的科普讀
物和社會科學知識的科普讀物。

從科普讀物的體裁來分，可分為詩歌、散文、小品文、科技新
聞報導等。

從科普讀物的篇幅來分，可分為科普文章（短篇文章）和科普
著作（長篇書籍）。

從科普讀物的讀者對象來分，可分為成人科普讀物，青少年科
普讀物和兒童科普讀物。

從科普讀物的內容深淺來分，可分為高級科普讀物、中級科普
讀物和一般科普讀物。（頁12）

至於，西方文體的分類有稱之為非虛構讀物、傳記、知識性讀
物、傳記與知識性讀物。一般是非虛構讀物（或知識性讀物）會與傳
記並列。如無傳記類，則非虛構讀物（或知識性讀物）中必有傳記類，
可見西方兒童文學頗重視傳記。今就西方九種兒童文學論著觀之[4]。
其間不論傳記，僅就知識性讀物或非虛構讀物之分類而言，各家分類
亦頗多紛歧。

---

4 九種兒童文學論著，參見拙著〈兩岸兒童文學文體分類比較研究〉，頁36~41。

　　個人擬將知識性讀物類型，依知識領域分為自然科學、科會科學與人文科學（或稱人文學）等三類，其理由試論如下，而其觀點則以李亦園、呂正惠、蔡源煌編著的《人文學概論》為依據。

　　在現代學術中通常把知識領域分為四個主要學科，是物理科學（Physical Sciences）、生物科學（Biological Sciences or Life Sciences）、社會科學（Social Sciences）與人文學（Humanities）。

　　前者是以人類以外的自然現象為研究對象的學科，一般稱為自然科學（Natural Sciences），而後兩者，則都以研究探討人類本身的現象為主的學科，在若干情況下也有人稱之為人類科學（Human Sciences），但也有人不贊用這個名稱。這些知識領域從研究對象上看其關係可表示如下：

$$
知識領域
\begin{cases}
\left.\begin{array}{l}物理科學\\生物科學\end{array}\right\} 自然科學（Natural Sciences）\\[2ex]
\left.\begin{array}{l}社會科學\\人文學\end{array}\right\} 人類科學（Human Sciences）（頁3）
\end{cases}
$$

　　其實，研究探討人類現象的兩大學術領域。社會科學與人文科學不僅在研究的內容上有別，而更重要的是在研究的取向與方法上也頗有不同。

　　一般而言，社會科學是以研究人類的社群組織、人際關係為重心，著重點在群體及其運作上；人文學則以探討人類的思維與精神產物為主，著重點在個體及其表達上。因為兩者研究內容的歧異，所以使這兩門學科在研究的取向與方法也有很大的差別。社會學科對社會現象的分析，著重於從分殊與獨特理出規律、原則與統合，所以其方法是綜合、歸納而尋求因果關係解釋（Explanation），就社會科學的

這種對通則性（Nomothetic）追求的性質上而言，其本質又較接近自然科學的取向與方法，所以慣用廣義科學 "Science" 之詞稱之為社會科學 "Social Sciences"。

　　人文學則對精神產物的探討著重於其獨特性、原創性、複雜性與表達性，所以其方法是尋求瞭解其現象背後的內在意義所作的理解與詮釋（Interpretation），這種著重於個案（Idiographic）的探討，而非通則的尋求方式是人文學者與社會科學家以及其他科學家最大不同之處，這也是人文學之所以慣稱為「學」，而不被形容為「科學」的主要原因。就在這方法與取向的層次上，人文學反而與社會科學的距離較遠了，雖然兩者都是以人的現象為研究或探討的對象。我們可見其各知識領域的關係如下表：

$$
知識領域\begin{cases} \begin{rcases} 物理科學 \\ 生物科學 \\ 社會科學 \end{rcases} 追求因果關係通則的科學 \\ \\ 人文學 ── 尋求人類價值與意義之理解的學問 \end{cases}
$$

　　（頁4）

　　總之，將知識性讀物分成自然科學、社會科學與人文科學，雖非定論與最正確，卻可收以簡馭繁，頗具簡明的效用。

第二節　知識性讀物的特質

　　知識性讀物，顧名思義，其目的在於知識的傳授，知識性的傳授亦即是作者的意圖所在。是以李利安・H・史密斯在《歡欣歲月》一書中認為：

　　所有的知識書，為了貫穿這本書的意圖，有不可或缺的原
則——正確的知識、明確的說明、適切的表達。這三項是所有
知識的書應有的、基本的，不變的原則。在這基礎上再加內容
適合讀者理解的範圍，作者對題材的處理能夠引起讀者的興
趣，題材本身也是很有趣，同時也有圖表、插圖，整體上生動
活潑，這些都是必備條件。不過以不同種類的知識書分別加以
考慮時，由於重點和性質的差異，所以對各個條件也有輕重之
別。（頁387）

　一言以蔽之，「正確的知識」即是知識性讀物的特質所在。

　雖然知識性讀物離「文學」的中心點稍遠，而且知識的內容也隨
時代在改變。不過從文學的立場來說，如何能把知識性讀物，寫得興
味盎然，既做到資料正確、說明的清晰、表現的適切，也使它充滿文
學的價值，這正是知識性讀物作者應該努力追求的目標。[5]所以李利
安・H・史密斯認為知識性讀物寫作的方法有三種，他說：

　　以一般情況來說，要為兒童寫知識書，有三種寫作的方法：第
　　一類作者他的目的很單純，只是給兒童知識。第二類作者是給
　　知識的同時，也把那一類題材的本質作簡略的說明。第三類作
　　者（這種作者很少）是不只給了知識，且把他創作成文學作
　　品。（頁386-387）

　申言之，知識性讀物雖然有其自身的目的，但所謂「正確的知
識」的處理，則有賴於作者對知識範圍的界定、選擇與整理，亦即是

5　見傅林統《兒童文學的思想與技巧》（臺北市，富春文化公司，1999年11月），頁
　　374。

作者的意圖所在。作者的意圖卻有可能突破世代的限制，其他作品除引領孩子的好奇與興趣之外，進而能有所得。以下試以「正確的知識」為主軸，說明知識性讀物的特質。

一　正確的知識

　　既然是知識性的讀物，正確的知識則是不可或缺的原則。雖然，知識本身是隨著新發現和研究的進步而改變的。有的知識性讀物在某個世代是有用的，可是到了下個世代，卻已是不適當的，脫離現實的東西了。所以我們對「知識的正確」的界定，除作者對自己書寫的題材有充分的認識與理解外，就人文與社會知識讀物而言，正確的資料外，應該具有充分的生命力，使兒童體會「生命的永續性」，以及認識人性。又就自然科學讀物而言，應該讓兒童知道科學知識的書，只不過是提出一個過程而已，並非完全的知識，因為科學上還有廣大的「未開拓的世界」。良好的科學讀物，絕不能採取武斷的說法，而是在引導兒童走向正確的科學研究方向。

二　文學性

　　知識性讀物，除字典、百科全書外，雖然在闡釋某種知識的觀念，卻也必須要有文學性，使其具有文學的價值。

三　通俗性

　　知識性讀物其目的在於傳播與普及知識，而其特質之一則在於通俗易懂，甚至能深入淺出。

　　通俗性是指語言、功能、題材、表達等四方面。首先知識性讀物用通俗易懂的語言，講述知識，而口語化則是其特點。其次，在功能上，知識性讀物除具有傳播正確知識外，亦具有娛樂效果，所謂寓教於樂。又就題材而言，其內容要與兒童的生活經驗相和與單純化，才能吸引兒童閱讀。

　　至於，在表達方面的通俗，則在於避免過多的議論、抒情等主觀成分。知識性讀物雖然可以故事方式書寫，但其表達方式則是屬於線性思維，其特色是單純、初級的，它有序可循，情節發展依時間先後，有始有終。[6]

四　趣味性

　　趣味性是吸引兒童的必要條件。我們沒有辦法強迫兒童閱讀他不喜歡的書，這種趣味性的樂趣，兒童總是以高明的技巧，頑強的守護自己選擇讀物的自由。對沒有樂趣的閱讀，縱使讀了，心裡還是很不情願的。

第三節　作家與作品

　　二十世紀以來，由於科技的進步與知識的高漲，「知識性讀物」在童書當中，占有相當重要的地位。二次戰後，知識性讀物漸漸形成現在大家熟知的形式。二十世紀晚期，各式各樣政治、經濟、科技、教育的趨勢匯聚，更促使兒童非虛構性讀物有本質上的革新，也因此得到更大的重視。

6　見林文寶〈通俗小說與兒童文學〉頁147~210。

　　一般說來，知識性讀物由於它離「文學」的中心點較遠，所以並不受兒童文學作家所重視。不過卻獲得教師以及家長們的青睞。

　　知識性讀物，其寫作目的是在把作者所擁有的知識傳授給讀者，作者的手腕最能啟發讀者，而這種手腕就表現在選擇和整理那些知識的方法中。知識性讀物的作者最關心的是：想寫的特定範圍的知識，如果是為兒童而寫，作者還要考慮兒童的知識程度和經驗的不足，也就是要把對象的年齡納入規劃中，隨年齡的幼小而將題材單純化。

　　根據上述情況，知識的書很少能夠成為文學作品，而它的生命也只限於寫作的世代。所以每當世代替換，我們就要重新思考寫知識書的方法。因為知識本身是隨著新發現和研究的進步而改變的。有的知識書在某個世代是很有用的，可是到了下個世代，卻已是不適當的，脫離現實的東西了。事實上，在過去的日子也有很多知識的書銷聲匿跡了，起而代之的是反映新時代的書。

　　很多知識的書，都有只屬一個世代，或一個時段的傾向，因此要提出評論知識書的基準，也就發生困難了。所以李利安・H・史密斯並未在《歡欣歲月》一書中，列舉代表性的作品來說明[7]。

　　雖然，禁得住時代的知識性讀物不多，卻仍有很優秀的，且具有文學價值者，如法布爾（La Vie De Jean-Henri Casimir Fabre, 1823-1915）、西頓[8]（Ernest Thompson Seton, 1860-

圖 16-3　　《狼王羅伯》
台灣東方出版社

7　見李利安・H・史密斯著：《歡欣歲月》（臺北縣：富春文化事業公司，1999年11月），頁385。

8　西頓出生於英國，後移居加拿大，青年時入倫敦皇家美術學院學畫，1883年至紐約發展。「西頓動物故事系列」包括：《狼王羅伯》、《雷鳥紅領子》、《公鹿的腳印》、《塔克拉山的熊王》、《蝙蝠阿塔拉》等。

1946）動物故事系列、米・伊林[9]（И・Я・Маршак 1896-1953）《十萬個為什麼》等。以下試介紹法布爾與《昆蟲記》。

　　法布爾，一八二三年十二月二十二日出生於法國南方撒・雷旺（Saint Le'ons）一戶貧窮農民的家中。

　　法布爾從三歲到六歲年間，寄養在瑪拉邦村的祖父母家，這裡是個大農家，有許多比他年長的孩子。他愛上祖母家的白鵝、牛犢和綿羊，他迷上了大自然中的花草蟲鳥，睡前最喜歡聽祖母說故事。

　　回到撒雷旺村，進入私塾就讀。父親經營咖啡店失敗。但法布爾卻好學不倦，以認識各種昆蟲為最大樂事。

　　一八三九年（15歲）考取亞威農（Avignon）師範學校的公費生；十八歲畢業後擔任小學教師。二十歲時，和同事瑪利・凡雅爾（23歲）結婚。法布爾繼續努力自修，在隨後的幾年陸續獲得文字、數學、物理和其他自然科學的學士學位與執照（近似今日的碩士學位），並在一八五五年拿到科學博士學位。隨即決定終生致力於昆蟲學的研究。

　　一八五四年（30歲）那一年，法布爾閱讀雷恩・杜卡爾寫關狩獵蜂——黃腰土樓蜂的論文後，決心研究昆蟲生態。於是在卡爾班托拉的懸崖上，研究狩獵象鼻蟲的瘤土樓蜂，並更正杜卡爾的錯誤，發表更深入的論文。開始引起科學界人士注意。

　　一八五八年，三十四歲那年，得知沒有財產就不可成為大學教授，於是全力投入茜草染料研究。

　　一八五九年達爾文於《物種起源》一書中，稱讚法布爾是一位「罕見的觀察者」。

　　一八六一年，三十七歲，次男朱爾誕生。

9　著名蘇聯作家，伊林是他的筆名。他為青少年創作了《幾點鐘》、《黑白》、《十萬個為什麼》等幾十部膾炙人口的科普文藝。

一八六八年，四十四歲，將研究成功的茜草染料工業化，工廠成立不久，德國完成蒜硫胺的化學合成染料，茜草染料工業化的夢想破滅。再加上諸多不順利，遂辭去教職。

一八七○年，靠朋友的慷慨借款，舉家遷到歐宏桔（Orange）。

一八七一年，四十七歲起，過著著書、觀察昆蟲的生活。在歐宏桔定居的九年中，法布爾完成了六十一本著作。

一八七九年，法布爾搬到歐宏桔附近的塞西尼翁，在那裡買下一棟義大利風格的房子和一公頃的荒地定居。並將這個地方命名為「荒石園」（L' Harmas）。

法布爾希望自己努力研究的結果，能讓更多的人知道。當然他也清楚如果要寫成書，除了趣味，還必須兼顧科學的嚴密性。他認為如果將自己和昆蟲相遇、觀摩產生各種疑問，然後一一解謎的過程，還有隨著過程發展而思考的理路全部寫出來，這樣的內容才會吸引讀者。

於是在朱爾和愛爾蘭的幫忙下，法布爾一邊繼續觀察昆蟲，一邊將這些結果以優美的文筆一一描述下來。不幸，一八七七年（53歲），次男朱爾去世，法布爾深受打擊，身體也大不如前，感染肺炎幾乎死去，幸以堅強的意志完成《昆蟲記》一冊。後來一直寫到八十五歲，共寫三十冊。平均每三年完成一本。

一八八五年（61歲），妻子去世。一八八七年（63歲），與出生薩里尼村的約瑟芬·提爾（23歲）結婚。一九一二年（88歲），妻子約瑟芬去世。

一九一○年，《昆蟲記》第十卷問世，這時法布爾已是八十六歲。四月三日，在半斯托拉的呼籲之下，召集學生、友人、讀者，舉辦慶祝儀式，定為「法布爾日」，《昆蟲記》由此揚名於世。法國文學界以「昆蟲世界的維吉爾」為稱號，推薦他為諾貝爾文學獎候選人，可惜委員會還沒來得及做最後決定，便傳來法布爾離世的消息。

一九一五年五月，在家人抉擇下，坐在椅子上最後一次繞他鍾愛的「荒石園」繞庭院一周。十月十一日與世長辭。十六日，葬於薩里尼墓園，有螳螂、蝸牛等前來送行。

一九二一年，在魯格眾議員的奔走努力下，政府買下阿爾瑪斯，以巴黎自然史博物館分館──「阿爾瑪斯·法布爾」名義保存下來。

又法布爾出生的家，在撒雷旺小學老師卡巴爾達夫人的鼓吹下，也以博物館型態保存至今。

法布爾除《昆蟲記》外，在一八六二至一八九一這三十年間共出版了九十五本十分暢銷的書。法布爾除了寫書與觀察昆蟲之外，也是一位優秀的真菌學家和畫家，曾繪製採集到七百種蕈菇，張張都是一流之作，他也留下許多詩作，並為之譜曲。

《昆蟲記》是法布爾的傳世著作，它融作者畢生的研究成果和人生感悟於一爐，以人性關照蟲性，將昆蟲世界化作人類獲得知識、趣味、美感和思想的文章，它是知識性讀物的名著。全書原版共十冊。每冊又有若干章，每章詳細描述一種或數種昆蟲生活。以全書看，作者旨在讓讀者認識和理解豐富繁雜的昆蟲世界，而非違反完整的科學理論體體系。臺灣地區可見的相關《昆蟲記》的版本如下：

1　昆蟲記

法布爾的《昆蟲記》，法文書名Souverirs Entomolgigues，直譯為《昆蟲學的回憶錄》，在國內以《昆蟲記》譯名較為流行。早在一九三年，上海商務出版社出版本書首部中文節譯本，書名即是《昆蟲記》。之後於一

圖 16-4　《法布爾昆蟲全集》台灣東方
　　　　　出版社股份有限公司

九六八年，臺灣商務印書館曾印行此一版本。一九三三年，東方引進由日本集英社出版，奧本大三郎所摘譯改寫的《昆蟲記》一套八本（圖16-4）。奧本大三郎本身雖然是法國文學教授，卻也是昆蟲採集家，他從原書十冊中，挑選有趣及重要部分，重新改寫成八冊，最後一冊是法布爾的傳記。這套書雖然不是法布爾的原著，但是在奧本大三郎的改寫下，採取小朋友說故事的敘述方式，軸以插圖、背景知識和照片說明，十分生動，似乎更適合兒童閱讀。

2　法布爾昆蟲記全集

　　遠流版是從法文翻譯的完整版，全套共十冊，譯者梁守鏘是大陸廣東中山大學外語學院教授。

圖 16-5　《法布爾昆蟲全集》遠流出版事業股份有限公司

3　法布爾昆蟲記

　　至於三采文化的版本，則是譯自韓文，韓文原作Suzanna, Ko，畢業於韓國的德成女子大學國語文系，是兒童文學作家。這套書是用詩歌體改寫。

　　以上三套書皆由楊平世審定。

圖 16-6　《法布爾昆蟲記》三采文化出版事業有限公司

4　昆蟲詩人

圖16-7　《昆蟲詩人》格林文化事業股份有限公司

格林版的《昆蟲詩人》，則是圖文的傳記書。

至於，臺灣本身的知識性讀物，就讀物而言，首推《中華兒童百科全書》。

一九七八年四月四日，由兒童讀物編輯小組策劃編纂，第一套由國人自製的兒童百科全書──《中華兒童百科全書》第一、二冊出版，立即受到各方矚目，獲得各界的好評。一九八六年四月，全套《中華兒童百科全書》出齊，包括總索引共有十四冊，費時八年完成。依照內容性質，題則涵蓋語文、社會科學、自然科學、藝術宗教、健康衛生等五大類，為當時臺灣第一套，也是唯一專為學童編排設計的兒童百科工具書，曾經多次再版，為加印出售的臺灣書店創造銷售佳績，也曾榮獲圖書出版「金鼎獎」的殊榮。它不僅是本土兒童讀物出版史上的新紀元，也是出版界邁出的新里程。

和其他百科全書一樣，這套書的內容包羅萬象，天文、氣象、生物、理化、史地、政治、法律、文學、藝術、宗教、體育、醫學等各方面知識都有。重點在於為孩子提供豐富多樣的參考資料，讓兒童了解所處的世界，人類的理想和價值觀念，並幫助他們課業學習與課外閱讀，培養主動求知的興趣與能力，極具有教育意義與價值。

《中華兒童百科全書》共計十四冊，依末冊總索引來看，全書分為總類、哲學、宗教、自然科學、應用科學、社會科學、歷史、地理、語言／文學及藝術十大類，另又分有心理學、數學、音樂等四十九類。

其它，如漢聲《漢聲小百科》、吳涵碧《吳姊姊講歷史故事》、小魯《寫給兒童的中國歷史》，都是長銷的知識性讀物。

第四節　《電學之父──法拉第的故事》賞析

電學之父──法拉第的故事　張文亮著　臺北市　文經出版社有限公司　1999年10月

據文經出版社社長吳榮斌表示，當時擔心出版《電學之父──法拉第的故事》（圖16-8）賣不出去，所以先在《國語日報》連載，沒想到未出版先轟動。至二〇〇六年九月止第一版已發行三十五刷。本書曾獲一九九九年「好書大家讀」年度好書及二〇〇〇年金鼎獎推薦兒童及少年讀物優良圖書等多項肯定。

作者張文亮，為臺灣大學生物環境系統工程系教授。教書之餘，致力於知識性讀物的創作。繼《電學之父──法拉第的故事》

圖 16-8　《電學之父──法拉第的故事》文經出版公司

之後，他還為兒童創作《當河馬想動的時候再去推牠》、《誰能在馬桶上拉小提琴？》等科學類知識性讀物，以幽默風趣筆法，深入淺出的介紹科學原理。

《電學之父──法拉第的故事》是屬於科學家的傳記，傳記可以矯正人生觀的「近視眼」，傳記可以開拓兒童的視野，進而把兒童引

向豐富的想像世界，激發他們的希望和信心。[10]

　　「事實」是界定傳記的一個關鍵詞，因此傳記必須屈服於事實。傳記作者多付出一些努力，就有可能發現重要的資料。優秀的傳記作者絕不會滿足於二手材料，他們會對全部資料進行核定。《電學之父——法拉第的故事》的作者用了十五年的時間（教書研究以外的時間），閱讀消化收集到的相關資料，再撰寫成書，可見其用功，不是一般依據原文改寫的傳記所能相比的。

　　本書的敘寫方式，以主角的生命歷程區分，全書分成：學徒時期、研究助理時期、皇家科學院會員時期與退休時期等四部分，每部分二章到七章不等，全書計有二十二章，每章前面都有略似引言的分行詩，全書依時間順序記述人物生平，其間並有圖片、文件以及法拉第當時的實驗器材等珍貴資料。

　　作者以真實的筆觸描述法拉第的一生。從其中我們看到法拉第真實的一生，無論其姿態、精神、口吻、言行思想、聲音笑容、性格、以及周圍環境，皆給人如在眼前的感覺。這是一個「單純的人」的單純故事。有誰能想像，法拉第這樣一位傑出的科學家，竟然只有受過小學教育，且在貧窮、被誤解、無子、喪失記憶的打擊中，卻能活出快樂、堅強，還幫助許多人。法拉第的傳記表達出他熱愛生命、執著研究、滿懷謙卑，「祝福滿滿的一生」的傳奇故事。

　　此外，作者張文亮時常從平凡處著筆，以見其真實的人生，試摘錄如下：

　　如隨處帶著以撒華滋博士（Dr. Isaac Watts）著的《悟性的提昇》（*The Improvement of the Mind*）一書，尤其奉行以撒華滋提出的五種有系統的讀書方法。（頁26-31）

---

10 見李利安・H・史密斯著：《歡欣歲月》（臺北市：富春文化公司，1999年11月），頁397-398。

　　如聽化學家戴維（Humphry Davy, 1778-1829）四次的演講，做有三百八十六頁的筆記。（頁 52-55）

　　在關鍵時期，支持法拉第繼續走向科學之路的，是他的家人。（頁55）

　　法拉第在皇家的頂樓小屋一共住了四十二年，當他在一八五八年六月二十日至皇家學院退休時，仍然一貧如洗……。法拉第最可愛的地方，就是不知道自己有多偉大。（頁98）

　　法拉第到了晚年，還是喜歡和小姪女、小孩子玩玻璃珠。（頁138）

　　法拉第在一次盛大的演講會中演講，當演講一結束，他便立刻從後台開溜，騎馬前往倫敦的貧民區，去探望一位生病的老婦人。而留下演講會場英國維多利亞女皇、一大群貴族、教授與名流，鼓掌不息地等他出來謝幕。（頁141）

　　從一八二五年到一八六二年，法拉第在皇家學院主持的「星期五之夜討論會」（Friday Evening Discousses）以及一八二六年耶誕節起的「兒童耶誕演講」（Christmas Lectures for Children），這是當時最著名的科學教室。（頁182-192）

　　撒拉在葬禮上唸著法拉第最後一句遺言：「我的一生，是用科學侍奉我的上帝。」（頁203）

　　最後，我認為你或許不是學科學的，也可能不喜歡科學，但是，你不能不認識法拉第這個人，我說《電學之父——法拉第的故事》是一本少見的傳記好書。

關鍵詞彙

知識性讀物	邊緣類個體
應用類個體	科普讀物
非虛構讀物	物理科學
生物科學	社會科學
人文學	自然科學
人類科學	正確的知識
文學性	通俗性
趣味性	

自我評量題目

一、何謂知識性讀物？

二、知識性讀物可依其知識領域分為哪三部分？

三、李利安‧H‧史密斯所闡述知識性讀物不可或缺的原則為何？

四、說明知識性讀物的特質為何？

五、說明「非虛構」與「虛構」作品的差異，又其書寫重點為何？

參考書目

壹、中文

一　作品

西頓動物故事系列（五冊）　厄尼斯特・湯・西頓著　東方出版社編
　　　輯部譯　臺北市　臺灣東方出版公司　1998年6月

昆蟲記（八冊）　法布爾著　奧本大三郎編寫　黃盛璘譯　臺北市
　　　臺灣東方出版社　1993年3-6月

電學之父──法拉第的故事　張文亮著　臺北市　文經出版公司
　　　1999年10月

昆蟲詩人　法布爾文　梅洛芙琳圖　張瑞麟譯　台北市　格林文化事
　　　業股份有限公司　2000年10月

法布爾昆蟲全集（全十冊）　法布爾文　梁守譯　台北市　遠流出版
　　　事業股份有限公司　2002年9月

法布爾昆蟲記　Susanna, Ko 改寫　金成榮繪　台北市　三采文化出
　　　版事業有限公司　2004年6月

二　論著

人文學概論・人文學的特質（上冊）　李亦園、呂正惠、蔡源煌編著
　　　臺北市　國立空中大學　1990年2月

兒童文學的思想與技巧・知識讀物篇　傅林統　臺北縣　富春文化事
　　　業公司　1994年11月

兒童文學原理・兒童文學文體分類的根據、原則和方法　蔣風主編
　　　合肥市　安徽教育出版社　1998年4月

孩子一生的閱讀計畫・漫談知識性讀物　林滿秋、馬念慈合著　臺
　　　北市　天衛文化圖書公司　2003年9月　修訂版三版八刷
科普與科幻翻譯：理論、技巧與實踐・科普著作概論　郭達中著　臺
　　　北市　中國對外翻譯出版公司　2004年12月
傳記學　王元著　臺北市　牧童出版社　1977年2月
當代兒童文學面面觀・兒童文學文體分類的歷史性與新基點　周曉波
　　　著　長沙市　湖南少年兒童出版社　1994年4月
歡欣歲月・知識的書　李利安・H・史密斯著　臺北縣　富春文化公
　　　司　1999年11月

三　單篇

兩岸兒童文學文體分類比較研究　林文寶　兒童文學學刊　第14期
　　　2005年12月　頁1-45。
通俗小說與兒童文學　林文寶　東師語文學科刊　第9期1996年6月
　　　頁147-210。

貳、外文

Bernice E. Cullinan, Lee Galda. *Literature and the Child*. 3 ed. Orlando: Harcourt Brace College Publishers, 1994.

Carol Lynch-Brown, Carl M. Tomlinson. *Essentials of Children's Literature*. 1 ed. Boston: Allyn & Bacon, 1993.

Charles Temple, Miriam Martinez, Junko Yokota, Alice Naylor. *Children's Books in Children's Hands*. 1 ed. Boston: Allyn & Bacon, 1998.

Charlotte S Huck, Barbara Kiefer, Susan Hepler, Janet Hickman. *Children's Literature in Elementary School* 7th ed. McGraw-Hill, 2001

參、《幼兒文學》

林文寶等編著：《兒童文學》

（臺北市：五南圖書出版公司，2010 年 2 月）

一　書影

二　序

　　「幼兒文學」是一門十分特殊的文學，雖然以幼兒為服務的主體，但修習課程的對象並非幼兒，而是對幼兒文學有興趣之成人學習者。

　　這是一門亟需成人來關懷、推廣與學習的學科，它屬於通識教育課程。為人父母、從事幼教工作者、文學創作者或幼教研究者都應去了解與參與。

　　對於「幼兒」的年齡界定，各個國家都稍有差異，但指涉的對象幾乎都是學齡前的孩子。簡言之，幼兒文學是以淺顯易懂，提供給還未接受正式教育的幼兒閱聽的文學作品。實行的過程可由成人引導幼兒，以聽、讀甚或遊戲的方式進行。

　　幼兒成長發展期間，生活與遊戲其實就是學習，以幼兒身心發展作為考量，製作適合幼兒的文學作品，成為一門專業的科目，無論是創作、推廣與研究，都會面臨適切性的艱難議題。因為優良的幼兒文學，要有遊戲性，讓幼兒在學習中感受樂趣，陪伴幼兒健康快樂的成長之時，隱隱約約將教育目的融入其中。

　　多年來，一直想集眾人之力，編寫一本有關幼兒文學的教材。於是披閱市面上可見之相關論述，並草擬章節，將相關資料建檔，以備利用；但編寫的工作一直沒能實現。

　　去年，空中大學教學媒體處陳定邦先生來電，詢問撰寫「幼兒文學」的可能性。雖然時間急迫，仍慨然允諾。

　　允諾的理由有二：一者是前年策畫編寫空大教材《兒童讀物》一書時，與陳先生熟識，且互動良好；再者，自以為這是使命，也是

挑戰。

其實，《幼兒文學》這本書是空中大學受僑務委員會委託編寫「中華函授學校」教學之教材。對課程內容與書寫方式的規範是：本課程教材以中學程度之海外僑民為對象，教材內容應求實用化。另考量海外僑民之中文閱讀能力，教材文學以簡明順暢、易於理解為原則，以增進學生學習興趣，外國專有名詞應加註原文或註解，舉證資料宜用最新數據佐證。課程教材總計十章，又因教學需求，課程教材除紙本外，宜製作教學錄音影帶、光碟或網路教材。

既以慨然允諾，又加之時間緊逼，於是立即著手規劃。首先確定書寫體例與原則。各章體例需一致，以便書寫與閱讀。又教材是面對海外華僑，是以書寫舉例之文本，要以原創作品為主，其次，確認撰稿者。全書分為：「幼兒文學的意義」、「幼兒文學的製作與傳播」、「兒歌」、「幼兒故事」、「童話」、「圖畫書」、「漫畫」、「動畫」、「幼兒遊戲」與「說故事」等十章。前兩章論述由我執筆，「兒歌」、「幼兒故事」與「童話」三章商請好友陳正治撰寫。為求時效，其餘各章則由我的學生書寫：林德姮寫「圖畫書」、王宇清寫「漫畫」、「動畫」、陳晞如寫「幼兒戲劇」，孫藝玨寫「說故事」。

撰稿期間，由於正治兄的引薦，得知五南圖書公司願意出版本教材。於是全體撰稿者努力以赴，終於如期完成。感謝各位的鼎力相助，更感謝僑務委員會同意本書在國內出版發行。

　　　　　　　　　　　　　林文寶　二〇〇九年十二月

三　目次

序

第一章　幼兒文學的意義／林文寶

第一節　兒童文學的緣起與定義

第二節　幼兒與發展

第三節　文學的意義

第四節　幼兒與文學

第五節　臺灣幼兒文學的分化

參考寫目

附錄　中文版幼兒文學書目

閱後自評

習題

第二章　幼兒文學的製作與傳播／林文寶

第一節　兒童文學的屬性

第二節　幼兒文學的特殊性

第三節　幼兒文學的形式分類

第四節　幼兒文學的製作理論

第五節　幼兒文學與傳播媒介

參考書目

閱後自評

習題

第三章　兒歌／陳正治

第一節　兒歌的意義與特質

第二節　兒歌的類別

第三節　兒歌的寫作原則

第四節　兒歌作家與作品

參考書目

閱後自評

習題

第四章　幼兒故事／陳正治

第一節　幼兒故事的意義與特質

第二節　幼兒故事類別

第三節　幼兒故事的寫作原則

第四節　幼兒故事作家與作品

參考書目

閱後自評

習題

第五章　童話／陳正治

第一節　童話的意義與特質

第一章　幼兒文學的意義

第一節　兒童文學的緣起與定義

一　緣起

　　我們相信兒童文學的產生是肇始於教育兒童的需要。當然，或許我們不能說自有兒童教育之始，便有兒童文學的產生；但也不能說兒童文學作品的客觀存在是在兒童教育出現之後。因為從現存的歷史資料看，兒童文學作品幾乎是跟遠古的民間口頭文學同時產生，但那只是兒童文學最原始的型態，並未完全具備兒童文學的特點與作品的雛型。因此，我們可以說，隨著社會的發展，兒童教育觀念的改變，兒童文學的編寫態度，往往也隨著改變，只有社會精神文明發展到一定階段，兒童教育需要兒童文學來作為教育兒童的工具時，兒童文學才應運而生，並從文學中分化出來，成為一門獨立的學科。

　　在人類文化沒有達到產生「學校教育」的階段之前，教育是早已存在的了。不過，它的方式和後來的有些不同。在那個時期裡，知識教育的傳授只留給特殊階級的小孩；社交禮儀教育的對象亦只限於貴族階段；但是品行、道德教育的對象卻是所有的小孩。而施教者是社會全體，特別是其中一部分富於經驗的長者，他們所教育的信條和教本，即那些風俗習慣和民間文學。民間文學在人類的初期或對現在未開發地區和文化國度裡的不同民眾而言，可以說是他們立身處事及一切行為的經典準則。一則神話可以堅固團體的向心力；一首歌謠能喚

起大部分人的美感；一句諺語能阻止許多成員的犯罪行為。在文化未
開或半開的民眾中，民間文學所盡的社會教育功能是令人驚奇的。

　　總之，我國有優美的文化，自不至於沒有兒童文學。不過由於對
兒童教育觀念的不同，在傳統的時代裡，都是以成人為中心，對於兒
童，只要求他們學習成人的模式，以為將來生活的準備。這種現象在
外國亦是如此。以西方而言，直到十八世紀以後，兒童文學的創作才
開始以兒童的興趣與教育並重，英人紐伯瑞（John Newbery, 1713-
1767）是第一個在他為兒童出版的書頁中，寫上「娛樂」字眼的人。
從此，成人承認孩子應享有童年，並在文學上表現他們那個階段的特
質和趣味；進而探討那個階段的生活和思想型態。而我國，在新文化
運動（二十世紀早期）之前，各種書籍都是用文言文撰寫，是屬於
「雅」的教育，也就是所謂士大夫的教育。這種知識分子的士大夫階
層所用的傳播媒體（語言、文字）有異於大眾，可是他們卻是主導
者。他們認為書籍是載道的，立意須正大，遣詞應典雅，必如此才能
供人誦讀而傳之久遠。至於兒童所用之教材，由於「蒙以養正」的觀
念，都是以修身、識字為主，而百姓送子弟入學，目的亦僅是在認識
少許文字，能記帳目、閱讀文告而已。兒童教育的目標既是如此，所
以教材便以選擇生活所必須的文字為主，如姓名、物件、用品、氣候
等，均為日常生活所不可少者，於是就有所謂「三、百、千」[1]等兒
童讀物出現，而所謂的兒童故事，亦僅能附存其間而已。考各國兒童
文學的源頭有三：

　　1. 口傳文學；
　　2. 古代典籍；

---

[1]　編按：指《三字經》、《百家姓》、《千字文》，此套教育兒童集中識字的教材自古沿
　　用至清末民初，歷時一千四百多年之久。

3. 歷代啟蒙教材。

就我國兒童文學的發展軌跡而言，第二和第三兩個源頭，由於教育觀念的不同，以及「雅」教育的獨尊，再加上舊社會解組時期的揚棄，致使在發展的承襲上隱而不顯。

至於口傳文學的源頭，事實上，傳統的中國由於教育不普及，過去百分之七、八十以上的中國人，都生活在民間的文化傳統之中，他們的教育來自民俗曲藝、戲劇唱本等；他們也許不讀《三國志》，但他們對《三國演義》卻耳熟能詳。

此外，早期大量介紹和翻譯的外國優秀兒童文學作品，對我國的兒童文學發展而言，無疑起了積極的作用；同時，也給作家創作帶來一定的啟發和借鏡。因此，外來的翻譯作品也是我國新時代兒童文學的源頭之一。

二　定義

「兒童文學」一詞，就文法結構而言，是屬於組合關係的「詞組」，也稱「附加關係」或「主從關係」。其間「文學」是詞組中的主體詞，稱為「端詞」；「兒童」是附加上去的，稱之為「加詞」。它最簡單而又明確的解釋是：兒童的文學。

但由於文法結構的限制，它只是由兩個名詞組合而成的專有名詞，其界定並不周延，且由於對「兒童」、「文學」有各種不同的解釋，於是有了各種不同組合的定義。

就主體詞「文學」而言，無論中外，皆有廣義、狹義之分。廣義的兒童文學即所謂的兒童讀物；而狹義的「兒童文學」則著重在「文學性」，不包括非文學性的作品，亦即所謂「想像文學」或「純文

學」類。就加詞「兒童」而言，以成長年齡分，「兒童」一詞亦有不同的說法。王泉根在〈三個層次與兩大部類──兒童文學的新界說〉一文中，就以接受主體年齡特徵的差異性觀點，將兒童文學分為幼年文學（或稱幼兒文學）、童年文學（或稱狹義的兒童文學）與少年文學等三個層次。又從接受主體審美意識的自我選擇觀點，將兒童文學分為以兒童本位和非兒童本位兩大部類。（見王泉根，《兒童文學的審美指令》，頁165-179）

個人認為三個層次與兩大部類之說，自有其歷史意義，但亦有所不足。有關兒童文學（讀物）範疇的界定，洪文瓊在〈兒童文學範疇論〉（見《東師語文學刊》第九期，頁129-145）一文中，已有詳盡的論述，我在這裡無意重述。重要的是要作幾點說明：

一、兒童文學與兒童讀物兩個用詞，基本上是屬於互通的同義詞。

二、就年齡而言，是指零歲到十八歲。

三、就層次而言，可分為嬰兒、幼兒、童年、少年、青少年等五個層次。

個人認為五個層次的說法（即嬰兒文學、幼兒文學、童年文學、少年文學、青少年文學），非但符合發展心理學的分期，亦與當下教育制度相吻合，所謂學前、小學、國中與高中即是。且已開發國家高中以下皆屬強迫性的義務教育，亦即是列入保護範圍之內。雖然，就瑞士皮亞傑（Jean Piaget, 1896-1980）認知發展心理學而言，兒童的認知結構經過進化和發展，到了十五歲少年這一階段，已達成熟。然而，事實上青少年這個時期，更曖昧的是，青少年因物質上及身體上的需要，仍須像小孩般的依賴成人，但他們的行為，又是處處拒絕童年，傾向成人。

至於所謂的嬰兒文學，當年洪文瓊仍持質疑，而今日已分化。

第二節　幼兒與發展

　　幼兒一詞，依我國現行幼、托現況，負責學齡前幼兒教育及照顧服務之主要機構為幼稚園與托兒所。幼稚園係依幼稚教育法及幼稚園設備標準等相關法令設立之學前教育機構，招收四歲以上至入國民小學前之幼兒，主管機關為教育行政機關；托兒所則係依兒童及少年福利法及相關子法設立之兒童福利機構，其托兒部門招收二歲以上未滿六歲之幼兒，主管機關為社會行政機關。而本文幼兒文學中的幼兒，指二歲至六歲的兒童，亦有延長至八歲者。

　　所謂發展是指個體在生命期間，因年齡與經驗的增加，所發生的有規則、有層次的行為變化過程。而在發展過程中的普遍原則有三：

　　　　1. 發展有先後的規律性。
　　　　2. 發展有個別的差異性。
　　　　3. 發展有前後的一貫性。
　　　　（見張欣戊、徐嘉宏等合著，國立空中大學《發展心理學》，
　　　　頁9）

　　至於重要的發展理論有：心理分析論、學習論、認知發展論、動物行為論、訊息處理論。（以上詳見蘇建文等著《發展心理學》，頁19-35）

　　從皮亞傑（Piaget, 1896-1980）的認知發展學，其發展階段如下：

發展階段	年齡	認知基模或心理表徵方式	主要發展
知覺—動作期	零至二歲	嬰兒以其知覺及動作能力來了解環境，新生兒以其反射動作與環境互動，知	嬰兒獲得最基本的自我及他人意識，了解物體恆常性概念，將

發展階段	年齡	認知基模或心理表徵方式	主要發展
		覺動作期結束時嬰兒已經具備感覺動作的協調能力。	行為基模內化，以形成意象或符號的基模。
心智操作前期	二至七歲	幼兒能夠使用符號包括心像與語言來代表及了解環境中種種事物，只能對事物的表象有所反應，思考具自我中心特質，認為別人的方法均與其一致。	表現出想像性的遊戲活動，逐漸了解他人的觀點可能與自己的觀點不同。
具體心智操作期	七至十一歲	兒童獲得並能夠應用心智操作能力（邏輯思考能力）。	兒童對於事物的理解不再受物體表象的影響，了解現實世界中事與物的特徵及彼此間的關係，依據環境與他人行為來推論其動機的能力亦增強。
形式心智操作期	十一歲以後	具有反省思考的能力，思考活動漸形系統化與抽象化。	邏輯思考活動不再限於具體或可觀察到的事物，喜歡思索一些假設性的問題，較為理想化，能夠從事系統化的演繹推理，可以考慮一個問題各種解決方式，選擇正確的解決方法。

（見蘇建文等著《發展心理學》，頁32）

　　皮亞傑的心智操作前期，幾近於赫洛克（E. B. Hurlock）《發展心理學》一書中的兒童期早期（從二歲到六歲）、兒童期晚期（從六歲

到十二歲），該書並引用海維格斯特（Havinghurst）的說法，認為各
個階段皆有發展的主要工作，就幼兒階段，其發展工作如下：

嬰兒期與兒童期早期的發展工作

・學習走路。

・學習食用固體食物。

・學習說話。

・學習控制排泄機能。

・學習認識性別與有關性別的行為和禮節。

・完成生理機能的穩定。

・形成對社會與身體的簡單概念。

・學習自己與父母、兄弟姊妹以及其他人之間的情緒關係。

・學習判斷「是非」，並發展「良知」。

兒童期晚期的發展工作

・學習一般遊戲所必須的身體技巧。

・建立「自己正在成長的個體」的健全態度。

・學習與同年齡夥伴相處。

・學習扮演適合自己性別的角色。

・發展讀、寫及算的基本技巧。

・發展日常生活所必須的種種概念。

・發展良知、道德觀念與價值標準。

・發展對社團與種種組織的態度。（見頁17）

　　就發展而言，兒童（含幼兒）期的基本特徵是：未特定性與開放
性。且是屬於弱勢團體中的弱勢，是以世界各國皆立有相關的兒童權

利法規，用以保護與維護兒童權利。我國亦已於二〇〇三年六月公布實施《兒童及少年福利法》。

所謂兒童權利，從性質來看，分為二類：基本權利與特殊權利。兒童的基本權利與成人的「基本人權」是相同的；至於「特殊權利」，是針對兒童生理、心理與社會發展的需要，及兒童應受到特別照顧、保護等考慮，是屬於兒童專有的。

又兒童權利，從內容看，分為三類：生存的權利、受保護的權利與發展的權利。

所謂兒童或幼兒的發展，其中最為關鍵者當以語言與遊戲為先。

第三節　文學的意義

文學是什麼？似乎人人都知道什麼是文學，但是要想給予一個明確的界說，為大眾所同意與信服，卻是一件傷腦筋的事。因為「文學」的涵義不固定，而且從各種角度著眼，所見必然不同。

文學是什麼？這個問題屬於那一種類型呢？如果是一個五歲的孩子提出這個問題，你可以回答他說：文學就是故事、詩歌和戲劇。但如果提問人是一位文學理論者，那這個問題就困難得多了。

一般說來，文學、文學理論與文學批評似乎時常糾纏在一起。或說文學批評，是以一定的文學觀念、文學理論為指導，以文學欣賞為基礎，以各種具體的文學現象（包括文學創作、文學接受和文學理論批評現象，而以具體的文學作品為主）為對象的評價和研究活動。或說文學理論的構成來自關於文學「是什麼」和文學「如何」兩方面。因為有文學才有文學理論，文學不是固定不變的抽象概念，而是動態的事實。因此文學「如何」的問題是由許多具體問題所組成，比如，文學文本是如何存在的？文學文本的特性如何？某一具體文體的特性

如何？某一具體文體和其他文體的相似性與相異性如何？……等等。
如果將文學理論編排成一個系列的話，那麼，「文學是什麼」的問題
則處於文學理論的根部，而「文學如何」的問題則處於文學理論的末
梢部位。以下試以西方文論相關變革（尤其是二十世紀以來），以見
文學、文學理論與文學批評的動態事實。（見朱立元主編，《當代西方
文學理論》，頁2-9）

一　鏡與燈

　　把文學比喻成一面鏡子，是各種關於文學的比喻中最古老的比喻
之一。在西方思想傳統中，古希臘的柏拉圖（Plato, 西元前427-前
347）在《理想國》中談到了這個比喻。他把畫家和詩人比喻成拿著
鏡子的人，向四面八方旋轉就能製造出太陽、星辰、大地、自己和其
他動物等等一切東西。依柏拉圖的比喻，文學就好比是一面鏡子，它
可以把面對它的一切東西照出來。

　　在西方，把文學比喻為一種發光體是從近代以來開始的。M. H.
艾布拉姆（M. H. Abrams 1912-）名著《燈與鏡》（1953），艾布拉姆
把發光體直接解釋為燈。

　　鏡與燈的比喻是：鏡子的理論把文學理論解釋成為寫實的、呈現
的，其背後即是模仿說。而燈光的比喻則是把文學看成是創造的、表
現的，其背後理論是表現說。模仿說、表現說是從文學與世界之間關
係角度探討文學的本質。其後又有「再現說」，文學的再現說這一個
觀念的提出，超越了傳統「模仿說」和「表現說」的主客二分法，有
助於我們從文學的語言、技巧、修辭等再現形式出發，觀察文學作品
所呈現的東西，從中思考文學相對獨特的運作規律。在美學史上，模
仿、表現、再現是三個基本概念。

二 兩大主潮

　　當代西方哲學思潮大體上分為「人本主義」和「科學主義」兩大主軸。

　　所謂「人本主義」，就是以人為本的哲學理論，其根本特點是把人當作哲學研究的核心、出發點和歸宿，通過對人本身的研究來探尋世界的本質及其他哲學問題。

　　所謂「科學主義」，是以自然科學的眼光、原則和方法來研究世界的哲學理論，它把一切人類精神文化現象的認識論根源都歸結為數理科學，強調研究的客觀性、精確性和科學性，其思想基礎在本世紀主要是主觀經驗主義和邏輯實證主義。

　　這兩大思潮二十世紀以來，時而對立、衝突，時而共處、交錯，時而互相吸收，此長彼消，曲折發展，在紛紜複雜、多元展開的哲學大潮中始終佔主導地位。

　　當代文學理論的發展雖有相對獨立性，但與這兩大哲學主潮有著密切的聯繫，在思想基礎、理論構架、研究方法等許多重要方面受其深刻影響。因此，我們同樣也可把當代西方文論的發展分為人本主義和科學主義兩大主潮。

　　當代西方人文主義文論的起點之一，是象徵主義與意象派詩論。另一起點是表現主義，克羅齊（Benedetto Croce, 1866-1952）認為藝術是抒情的直覺和表現的理論，把非理性的「直覺」提升到人的心理活動的基礎地位上，作為解釋文學藝術本質的決定性機制。以佛洛依德（Sigmund Freud, 1856-1939）等人為代表的精神分析學文論，則發現了「潛意識」在人的心理活動中的重要地位，並由此出發，對文藝現象作出種種獨特的解釋，揭示出許多過去被忽視的文藝創作與接受的重要心理特徵，在二十世紀西方文論中發生了深遠影響。

　　當代西方科學主義文論中較早出現的是俄國形式主義及其後繼者布拉格學派。這一派文論受到瑞士語言學家索緒爾（Ferdinand de Saussure, 1857-1913）的語言學理論的影響，提出以科學方法研究文學的「內在問題」，其目標是研究文學的內在規律，揭示文學之為文學的「文學性」，即文學中的語言形式和結構。英美語義學和新批評派文論是當代科學主義文論中另一支影響甚鉅的流派，瑞恰茲（I. A. Richards, 1893-1979）的語義學批評深受邏輯實證主義影響，把語義分析作為文學批評最基本手段；新批評派一反浪漫主義和實證主義的文學批評傳統，把研究的重點從作家或作家的心理、社會、歷史等方面轉移、集中到文學作品本身的形式、語言、語義等「內部研究」方面，以突出研究的客觀性與科學性。結構主義之後的解構主義雖然力於消解結構主義，但在細讀文本、從文本語言切入展開解構批評的思路上與結構主義一脈相承；它雖與科學主義的主旨不合，但更自覺地反對人本主義，如德希達（Jacques Derrida, 1930-2004）有一篇論文題為〈人類的終結者〉，一語雙關，既指人走向終結，又指人本主義哲學維護的人類自身目的的終結。

　　當代西方文論兩大主潮的上述劃分和勾勒只是大體上的，有一些很難歸入任何一脈，如解構主義就是；此外，這兩大主潮在發展過程中經常有碰撞、衝突，也時而有交流、溝通甚至互相滲透、吸收。

三　三次轉移

　　整理歸納一下西方文論研究重點的脈絡，可發現文學解讀理論經歷了三個明顯的階段，即由作者中心論發展到文本中心論，乃至讀者中心論。

　　作者中心論，以探討作者寄寓作品中的本意為旨歸，包括實證主

義批評、社會／歷史批評、傳記式研究以及各種創作心理分析研究
等。中國古典文論中「以意逆志」思想和《紅樓夢》研究中「作者自
傳說」、索引派，可歸入此種解讀方法。文本中心論，是以作品文本
自身作為理解作品意義的前提、根據和歸宿，包括俄國形式主義、英
美新批評以及結構主義批評等。讀者中心論，是把讀者對作品意義的
創造性闡釋提到批評史上前所未有的高度，它由現象學導源，後經結
構主義的「解構」，產生了風靡全世界，並且至今不衰的接受美學和
讀者反應理論等新起的批評學派。這三個階段也是表明三次轉折，昭
示了文學解讀理論嬗變的歷史軌跡。

四　四次轉向

從宏觀上考查，西方文論的轉向（turn）有四次。所謂轉向，是
指路線或方向的轉變或轉折點。亦即是指觀念、思想、知識或話語等
所發生的重要轉變或轉型。試說明四次重要的轉向如下：

（一）第一次轉向：希臘時代的人學轉向

以智者派（Sophists）尤其是蘇格拉底（Socrates, 西元前469-前
399）為代表，希臘哲學從以前研究自然及其本源為重心，轉向研究
人類社會道德與政治狀況，也就是從以探究自然規律為主，轉向探究
人類及其心靈（道德）狀況。正是整個「知識型」層面的這種人學轉
向薰染下，出現了柏拉圖和亞里斯多德這兩位對整個西方文論史富有
開拓性意義的文論大家。在這種人學「知識型」根基上生長出以「模
仿」說為特徵的古希臘文論，和以賀拉斯（Quintus Horatius Flaccus,
西元前65-前8）「寓教於樂」說為標誌的羅馬文論，尤其是亞里斯多
德為代表的「模仿」說在西方文論史上發生了深遠的影響。

（二）第二次轉向：中世紀的神學轉向

隨著基督教入主歐洲，人學中心被神學中心取代，整個「知識型」都奠基於唯一的上帝，任何知識系統都被認為由此發源，這導致了以基督教神學為支撐的，視上帝為知識本源的中世紀文論的產生及建立霸權。這時期的代表性理論家有普羅提諾（Plotinus, 205-270）、奧古斯丁（Aurelius Augustine, 354-430）、但丁（Dante Alighieri, 1265-1321）、「桂冠詩人」佩脫拉克（Francesco Petrarca, 1304-1374）、薄伽丘（Giovanni Boccaccio, 1313-1375）等。

（三）第三次轉向：十七世紀以笛卡兒為代表的認識轉向

它強調任何知識都與人的理性相關，都需要從理性尋求解釋。這種「轉向」為文論提供了「理性宇宙觀」為主導的「知識型」。在此影響下產生的文論流派有新古典主義文論（萊辛Gotthold Ephraim Lessing, 1729-1781、康德Immanuel Kant, 1724-1804、席勒Friedrich Schiller, 1759-1805、黑格爾Georg Wilhelm Friedrich Hegel, 1729-1831等）、浪漫主義、現實主義、自然主義、實證主義以及象徵主義等。

（四）第四次轉向：十九世紀末二十世紀初發生的語言轉向

在這種「轉向」中，不再是「理性」，而是語言、語言學模型、語言哲學等，被視為知識領域中最重要的東西。正如利科爾（Paul Ricoeur, 1913-2005）所分析的那樣，「對語言的興趣，是今日哲學最主要的特徵之一。當然，語言在哲學中始終佔據著榮耀的地位，因為人對自己及其世界的理解是在語言中形成和表達的」。尤其重要的是：認為語言本身是一種理性知識，被很多哲學家看作是解決基本哲學問題的必要準備。正是這種性質的「語言論轉向」導致了二十世紀

形形色色的語言研究為中心的文論流派的產生。不過，由「語言論轉
向」標明的語言論文論內部，也可見出其階段性。粗略區分，可以有
語言論文論的建構階段和解構階段。語言論文論建構階段，出現了現
代主義、俄國形式主義、英美新批評、心理分析、結構主義等文論流
派，以及它們的初步的反撥形式——解構主義、闡釋——接受文論；
隨後的語言論文論解構階段，則有西方馬克思主義、新歷史主義、後
現代主義、後殖民主義、女性主義和文化研究等文論流派。

　　當然，也許可以有理由列出第五次轉向，並稱之為二十世紀後期
的「文化論轉向」（cultural turn）。它的特色在於，在語言學模型的框
架中更加專注於文化及文化政治、文化經濟、性別、大眾文化、亞文
化、視覺文化、網絡文化等闡釋，為此時期各種文論流派競相追究文
學的文化緣由提供了知識依據，這些流派大致對應於語言論文論解構
階段的文論，如解構主義、西方馬克思主義、新歷史主義、後現代主
義、後殖民主義、女性主義和文化研究等等。不過，如果從更宏觀和
更審慎的角度看，這第五次轉向還是歸入第四次轉向，即「語言論轉
向」更合理些，更具體地說是屬於「語言論轉向」的解構階段。（見
王一川主編，《西方文論史教程》，頁4-6）

　　無論文學到底是什麼？文學仍是藝術，也必須是以語言體系構成
的意識活動。語言轉向以來，文學理論甚至出現了企圖將文學確認為
一種專門的語言學，儘管這種企圖在後結構主義出現之後就已式微，
但是文學存在某些獨特的語言特徵是一個不爭的事實。

　　申言之，文學是藝術。而韋勒克（René Wellek, 1903-1995）和華
倫（Austin Warren, 1899-1986）在《文學論》中為藝術下的定義是：

> 所謂藝術作品，可以體會一種純符號的系統，一種服務於特定
> 的審美目的下的符號構成。（頁228）

　　依此定義來看，則所謂文學也者，不過是服務於特定「審美目的」下之文字系統或文字的構成物而已。它之不同於其他藝術，即是在於所用的符號不同，但它所以成為藝術品之一，則因同是服務於審美目的。是以文學之所以具有藝術特質者，關鍵即是在於審美目的。也因此，文學最簡明的定義是語言的藝術。喬納森・卡勒（Jonathan Culler）在《文學理論》一書中，曾總結文學的五個重要語言特徵如下：

第一、文學是語言的「突出」。換句話說，這種語言結構使文學有別於用於其他目的的語言。

第二、文學是語言的綜合，文學是把文本中各種要素和成分都組合在一種錯綜複雜的關係中的語言。文學語言之中的聲音和意義之間、語法結構和主題模式之間均可能產生和諧、緊張、呼應、不協調等各種關係。

第三、文學是虛構。無論是陳述人、角色、事件，還是時間和空間，虛構的語境導致許多微妙的變異。

第四、文學是美學對象。這意味了文學語言的目的就在於自身——認定一個文本為文學，就需要探討一下這個文本各個部分達到一個整體效果所起的作用，而不是把這部作品當成一個只重目的的東西，比如認為他要向我們說明什麼，或者勸我們去幹什麼。

第五、文學是文本交織的或者叫自我折射的建構。這就是說，一個文本之中回響著許多其他文本的聲音，例如一批騎士小說之於《唐・吉訶德》，或者，一批浪漫小說之於《包法利夫人》。後繼的小說之中永遠包含了已有的文學折射。

如果說虛構是一種煉金術，那麼文學語言的五種特徵就如同形式的保證。（詳見頁29-38）

又就美或審美的類型或範疇而言，姚一葦在《美的範疇論》一書中有詳盡的論述。姚氏認為美的範疇有六：秀美、崇高、悲壯、滑稽、怪誕與抽象。這種所謂審美的構成，即是關於文學「是什麼」和文學「如何」兩方面的問題。

總之，從學術的觀點來說，兒童文學在性質和知識分類結構上都是從屬於文學。文學是藝術的一環，而「美」又是藝術的本質，因此回溯兒童文學的本質也是美。我們的結語是：「文學」是兒童文學探討的主體，「兒童」（嬰兒、幼兒、兒童、少年、青少年）是它的方向、它的屬性狀態。它的目的是給兒童提供美的感受、才能的開發，促進兒童身心發展，幫助兒童達成社會化。

第四節　幼兒與文學

幼兒與文學之間的連結，在於語言文字。而語言文字是文學特有的符號，亦即文學是語言的藝術，而藝術則是一種服務於特定審美目的下的符號構成物。

就兒童審美發展而言，樊美筠《兒童審美發展》一書說：

> 我們將根據兒童審美發展的實際狀況，暫時將這一過程劃分為三個階段：第一階段是「前審美時期」，它包括人的乳兒期和嬰兒期，即零至三歲。這僅僅是為兒童審美發展提供必要的生理及心理基礎的時期。第二階段是「審美萌芽時期」，它包括學前期與學齡初期，這一階段兒童的主導活動是遊戲，各種類型的遊戲活動萌發了兒童的創造力與想像力，激發、豐富和深化了兒童的情感體驗，可以說，處在這一發展階段的兒童已經形成了最初的審美經驗，已經有了審美感與能力的最初萌芽。

> 第三階段是審美感與能力的形成時期，它包括少年與青少年
> 期，真正的藝術活動已經進入這一時期的兒童生活，學會以審
> 美態度對待客觀現象，審美直覺敏感性的成熟及審美趣味的形
> 成，標誌著兒童審美感與能力的形成。（頁60）

　　作者認為「審美萌芽時期」，包括兒童的學前期與學齡初期，即
四至十二歲。就幼兒而言，其審美重點在於萌芽。在前審美時期打下
的生理和心理的基礎之上，幼兒時期審美發展的潛能開始得到發揮，
其動力主要是透過兒童遊戲化活動來進行。因此，遊戲化活動成為幼
兒生活的主要內容。

　　就教育觀點而言，幼教界非常重視語文的學習，且大皆以文學為
切入點。其間有所謂「全語言」（Whole　Language）的課程，這種課
程主要來自生活中。黃瑞琴於《幼兒的語文經驗》一書中，認為「全
語言」的主要信念是：

> ・兒童的學習是從他們周遭的世界建構他們自己的意義。
> ・語言的學習是產生於一個支持兒童試驗和探索的環境。
> ・語言是在一個互動的、社會的過程中獲得。
> ・所有語言上的系統（如：聲音、文法、意義），是在語言使
> 　用的實際事件中運作。
> ・兒童的聽、說、讀、寫，是互相支持和補充的發展過程。
> ・語言教育的目的是幫助兒童熟練地使用語言。（頁7）

　　兒童在家裡、日常生活中，自然而有意義地使用語言、接觸文字
和圖書，而在全語言的學校環境或教室中，能激發和支持兒童有意義
地使用語言，其情境具有下列特徵：

・兒童有許多互動的機會，進行口試和書寫的溝通。

・兒童自己的需要和經驗引發其聽、說、讀和寫的動機。

・鼓勵兒童談話，在全班、小組和個別的活動情境中交談和討論。

・兒童透過戲劇、藝術、音樂、律動、討論、書寫和探究等真實的語言事件，傳達他們的情感和想法。

・兒童每天有獨立閱讀的時間，選擇他們自己讀的書，並可重複閱讀。

・兒童聆聽、閱讀和反應各種來源的文學讀物。

・兒童經由圖畫書、口說讓大人筆錄或自己塗寫字的過程中，試驗文字的功能和意義。

・兒童持續地預測、假設、試驗、歸納和證實他們在聽、說、讀、寫中發展的語言。

・兒童覺得他們是有效的、勝任和有能力的語言使用者。（頁7-8）

她並引用美國幼兒教育協會（National Association for the Education of Young Children，簡稱NAEYC）於一九八六年發表「發展適合的幼兒教育、實施方案」（Developmentally Appropriate Practice in Early Child-hood Programs）的聲明，其中列舉了對於四歲至五歲幼兒有意義的語文經驗，例如：

・與其他幼兒和大人非正式地談話。

・參與戲劇遊戲和其他需要溝通的活動。

・聆聽和閱讀故事及詩歌。

・口說和筆錄故事。

・觀看教室中的圖表和使用中的文字。

・藉著畫圖、描繪和自創字形等方式去試驗寫字。

・戶外郊遊。（頁9）

　　又王派仁、何美雪在《語言可以這樣玩——兒童語言發展遊戲與活動》一書中，引用周麗玲〈促進兒童語言能力發展的方法〉，該文分別指出有助三至五歲及五至七歲兒童語言能力的發展方法：

有助三至五歲兒童語言能力發展的方法	有助五至七歲兒童語言能力發展的方法
・多陪孩子一起閱讀，唸給他聽，多唸幾次以後，請孩子唸一段給您聽，即使唸錯了也不要太在意。 ・和孩子一起朗誦或唱童謠。 ・陪孩子玩看圖說故事遊戲。 ・和孩子一起唸繞口令。 ・和孩子玩模仿動物或其他角色扮演遊戲。 ・對於孩子提出的問題，應認真回答並盡量給予詳細的解答。 ・讓孩子多和其他小朋友一起玩遊戲。 ・帶孩子到戶外，對遇到的人、事、物，都可作為對話題材。 ・給孩子聽童話、童謠錄音帶，或陪孩子一起看適合的影片。 ・給孩子不同的塗鴉用具，讓他隨自己的喜好去畫，並誘導他說出所畫的內容，幫助他串聯成一個故事。	・帶孩子到書店，讓孩子挑選自己喜歡的書來看，或買回家閱讀。 ・和孩子對話時，盡量使用較複雜的語句。 ・每天抽一些時間，讓孩子告訴您，他今天做了些什麼？發生了什麼有趣的事？ ・當孩子畫圖時，問他畫些什麼？等他畫好，幫他在畫紙適當處用文字寫下來，讓孩子做對照。 ・陪孩子一起唸繞口令、三字經、童詩等具律動感的文句。 ・和孩子一起玩看圖說故事或故事接龍遊戲。 ・同儕互動有助語言發展，所以應讓孩子和其他小朋友一起玩。 ・帶孩子到戶外，讓他多看、多聽、多想、多說。 ・陪孩子玩扮演遊戲。 ・陪孩子一起學寫字。

（頁12）

　　又黃郇英於《幼兒文學概念》一書中，亦列表說明零至八歲幼兒的發展特徵，並建議提供符合其需求的文學活動：

大約年齡	發展特徵	符合發展需求的文學活動
零至一	・感官發展迅速 ・對節奏感的聲音特別有反應，嘗試模仿簡單的聲音 ・開始使用單一字彙 ・專注的時間有限	・聽有節奏的語言，如：兒歌、搖籃曲 ・提供訓練視覺的圖片 ・學習命名 ・情節重複、有簡單問句的故事
一至二	・喜歡用感覺器官探索周遭環境 ・學習基本自助技能 ・建立人際間的信任關係 ・喜歡玩聲音的遊戲	・練習自助技巧的書或故事 ・提供描寫日常生活事物的故事 ・提供不同材質或設計的玩具書 ・可以預測結果的故事
三至四	・懂得用聲調表達情緒 ・自我中心，對自己的世界好奇 ・視萬物皆有生命 ・喜歡玩富想像力的遊戲 ・精細動作、手眼協調、能力進步	・運用故事提供的人物和情境做扮演遊戲 ・擬人化和充滿想像的故事 ・利用故事擴展生活經驗 ・提供幽默、想像、冒險的故事 ・手指謠
五至六	・喜歡表達自己的看法，自由使用日常語言 ・開始發展時間概念 ・在人際關係間尋求安全感，對同儕團體產生依附的需求 ・對是與非好惡分明 ・會轉述故事，但述說時不完整或插入別的故事	・對文字好奇，嘗試閱讀 ・編故事（口述或畫） ・繞口令 ・運用無字書培養想像和表述能力 ・提供多元文化的童話、民間故事 ・提供資訊、知識的書籍 ・學習時間概念的故事
七至八	・能分辨真實與想像的世界 ・追求獨立性 ・幽默感 ・對性別差異產生好奇 ・讀寫能力增加	・有完整情節內容的短篇故事或中長篇故事 ・提供同理心、責任感、成功冒險的故事 ・具有驚奇結局的故事或笑話 ・兩性教育的故事

（頁27-28）

　　綜觀以上所謂對幼兒語文發展的有利經驗或方法。一言以蔽之，即是幼兒文學是也。我們可以說幼兒讀寫能力在文學環境中發展得最好，因為文學環境具有某些特質，這些特質就是促進兒童由自己的實踐中獲取意義之能力的經驗和材料。專家研究認為文學環境有三個重要概念：

　　一、支持學習者成功。
　　二、注重語言學習。
　　三、允許學習者探索語言。
　　　　（見墨高君譯，《幼兒文學——在文學中成長》，頁11）

　　專家認為「支持學習者成功」這個概念是指兒童往往最擅長從第一手的直接經驗中學習，因此環境中應該充滿各式各樣的文字材料。講故事應該在教育中扮演重要的角色，並提供兒童讀、寫、畫的機會。生態環境的空間中應安排各種不同的主題（如藝術、音樂、數學等），又其活動方式亦可多元。

　　注意語言學習。是指兒童在他們成長中不同階段發展讀寫能力中，必須讓他們在個人實際的程度上進行讀寫活動。文學應該被視為一種探索世界的工具，而不是教導閱讀技能的工具，閱讀和寫作應被視為表達觀念、澄清思想的工具。

　　至於探索語言，是指語言並非單純。只有透過大量閱讀、寫作的機會及經驗，才能夠逐步掌握並運用，透過大人提供機會，如講故事、討論、個別表達等形式擴展他們交流能力，兒童可以建立起一種作者的身分感。作者身分這一概念，是指使自己獨特自我的一部分進入故事或相互溝通。兒童們可以透過傾聽、創造、解釋、情節重現、戲劇表演、故事討論來開始。（見墨高君譯，《幼兒文學——在文學中成長》，頁11）

總之，文學在幼兒的發展中具有特殊的地位。幼兒文學在幼兒成長學習的過程中，的確是扮演不可或缺的關鍵角色，有助其語言、認知、情意、人格、道德等發展，而早期的閱讀經驗更能為日後的閱讀奠下基礎。

第五節　臺灣幼兒文學的分化

所謂五個層次的說法，即表示兒童文學的分化。洪文瓊有〈兒童文學與幼兒文學的分化──國內圖畫書和幼兒文學發展的一些觀察〉一文，論及臺灣幼兒文學分化。洪氏認為：

從發展的歷程來看，兒童文學原是依附在成人文學之下慢慢獨立發展開來的。同樣的，幼兒文學由兒童文學分化而來。分化通常是表示某一依附的事已發展到一定的自足程度，可以成為獨立的個體另行發展。因而分化的現象，多少代表某一事的內部發展狀況。至於如何判斷原為依附的事是否已經完全分化，可以有多種的觀察指標。其中一種，便是看看有無專屬的描述術語，用以指稱此一新分化出來的個體。有專屬的用語而且普遍為界內所接受使用，即表示新個體已發展到有獨立存在的空間。當然新個體從舊的依附個體分化出來，並不代表新個體業已發展成熟。新個體要達到真正發展成熟，通常自分化成為普遍事實後，都還得經歷一段時間。依此一觀點來觀察，則我國的兒童文學與幼兒文學，可說是一直到八〇年代，才逐漸完成分化。而「圖畫書」和「幼兒文學」這兩個用語的普遍化則是分化完成的象徵。

「圖畫書」和「幼兒文學」這兩個用語都是以幼兒為訴求對象，它們在國內兒童文學界逐漸成為通行的辭彙，大約是在一九八〇年代中後期以後，其中「圖畫書」的流行普及又早於「幼兒文學」。

最早在出版物上正式標示「圖畫書」一詞是將軍出版社（1978年4

月），但使「圖畫書」這個用語流行開來的，首推英文漢聲出版公司。一九八四年一月起，漢聲嘗試以幼兒為對象每月推出「漢聲精選世界最佳兒童圖畫書」兩冊（心理成長類及科學教育類各一），並委由臺灣英文雜誌總經銷。由於內容及印刷、裝訂都有一定水準，而且廣告宣傳造勢成功，漢聲這一套精選圖畫書為國內幼兒圖書市場打開一片天地。「圖畫書」這個詞彙隨之也成為兒童文學界的普遍用語。值得注意的，漢聲這一套精選圖畫書設定閱讀年齡是三至八歲，但是正式標示的用語是「兒童圖畫書」，而不是「幼兒圖畫書」。其後以圖畫書為名，正式標示在圖書上的，則是以本土創作為主的「光復幼兒圖畫書」（1991年1月），以及與漢聲同屬翻譯的「上誼世界圖畫書金獎系列」（1988年10月）、「台英世界親子圖畫書」（1992年7月）等等。由「世界最佳兒童圖畫書」（漢聲）、「幼兒圖畫書」（光復）、「世界圖畫書」（上誼）、「親子圖畫書」（台英）等的不同用詞，可見以幼兒為訴求對象的圖畫書，國內仍有逕稱「圖畫書」，以及加冠「兒童」或「幼兒」、「親子」等的差異。用詞不統一，終而慢慢走上規範化，這是走上分化的必然發展途徑。

　　至於「幼兒文學」則是跟「圖畫書」相對應的用語。文學作品通常是透過書刊跟讀者見面，有專屬的幼兒圖畫書需求，衍為有專屬的「幼兒文學」應是很自然的事。國內正式揚起「幼兒文學」大旗，使「幼兒文學」成為作家可投入耕耘的對象，是肇始於一九八七年一月信誼基金會宣布設置「信誼幼兒文學獎」。此後「幼兒文學」漸成為通行的辭彙。一九九一年教育部正式核准臺北市立師範學院設置「幼稚教育系」，並把「幼兒文學」列為一年級必修課程，有別於師範學院其他系開的「兒童文學」課。幼兒文學與兒童文學走上分化，並獲得學院承認，這表示我國兒童文學已明顯朝再分化出幼兒文學的方向發展。

　　幼兒文學走向獨立，有社會發展指標的意義。幼兒文學是從兒童文學中分化出來，專指學齡前兒童所閱讀的作品。幼兒文學不再依附兒童文學是因為社會發展的需要，背後因素乃是幼兒教育普及和經濟繁榮所致。（以上見洪文瓊《兒童文學見思集》，頁10-15）

參考書目

一

文學論──文學研究方法論　韋勒克、華倫著　王夢鷗、許國衡譯
　　　　臺北市　志文出版社　1976年10月

文學「如何」：理論與方法　劉俐利著　北京市　北京大學出版社
　　　　2009年4月

文學理解與美的再創造　龍協濤著　臺北市　時報文化出版社　1993
　　　　年8月

文學理論　南帆、劉小新等著　北京市　北京大學出版社　2008年7月

文藝美學　王夢鷗著　臺南市　新風出版社　1971年11月

幼兒文學──在文學中成長　Walter Sawyer、Diane E. Comer 合著
　　　　墨高君譯　臺北市　揚智文化事業公司　1996年1月

幼兒文學概念　黃郇媖著　臺北縣　光佑文化事業公司，2002年10月

幼兒的語文經驗　黃瑞琴著　臺北市　五南圖書出版社　1993年1月

西方文學論史教程　王一川主編　北京市　北京大學出版部　2009年
　　　　4月

兒童文學　林文寶、徐守濤等著　臺北市　五南圖書出版社　1996年
　　　　9月

兒童文學見思集　洪文瓊著　臺北市　傳文文化事業公司　1994年6月

兒童文學的審美指令　王泉根著　長沙市　湖北少年兒童出版社
　　　　1991年5月

兒童的審美發展　樊美筠著　臺北縣　愛的世界出版社　1990年8月

兒童權利知多少？　編撰小組著　臺北市　信誼基金會學前教育研究
　　　　發展中心　1993年4月

美的範疇論　姚一葦著　臺北市　臺灣開明書店　1980年9月

發展心理學　張欣戊、徐嘉宏等著　臺北縣　國立空中大學　2005年
　　　　12月　修訂四版

發展心理學　赫洛克著　湖海國編譯　臺北市　華新出版公司　1976
　　　　年9月

發展心理學　蘇建文等著　臺北市　心理出版社　1991年10月

當代西方文藝理論　朱立元主編　上海市　華東師範大學出版社
　　　　1997年6月

當代學術入門：文學理論　喬納森・卡勒著，李平譯　瀋陽市　遼寧
　　　　教育出版社、牛津大學出版社　1998年11月

語言可以這樣玩：兒童語言發展遊戲與活動　王派仁、何美雪著　臺
　　　　北市　心理出版社　2008年8月

識知心理學說與應用　江紹倫著　臺北市　聯經出版社　1980年9月

鏡與燈──浪漫主義文論及批評傳統　M. H.艾布拉姆斯著　酈稚
　　　　牛、張照進等譯　北京市　北京大學出版社　2004年1月

二

兒童文學範疇論　洪文瓊　東師語文學刊　第9期1996年6月　頁129-
　　　　145。

附錄　中文版幼兒文學書目

人之初文學解析　黃雲生著　上海市　少年兒童出版社　1997年11月

中國幼兒文學集成理論篇（共二卷）　魯兵主編　重慶市　重慶出版
　　　社　1991年6月

幼兒文學　Mary Renck Jalongo 著　李侑蒔、吳凱琳譯　臺北市　華
　　　騰文化公司　1998年11月

幼兒文學　Mary Renck Jalongo 著　葉嘉青譯　臺北市　心理出版社
　　　2008年9月

幼兒文學　林芳菁著　臺中市　華格那企業有限公司　2006年1月

幼兒文學　何三本著　臺北市　五南圖書出版社　2003年4月

幼兒文學　華東七省市、四川省幼兒園教師進修教材協作編寫委員會
　　　上海市　上海教育出版社　1987年6月

幼兒文學　鄭瑞菁著　臺北市　心理出版社　1999年11月

幼兒文學　鄭麗文編著　臺北縣　啟英文化事業公司　1999年

幼兒文學（修訂本）　人民教育出版社中學語文室編著　北京市　人
　　　民教育出版社　2005年8月

幼兒文學：追尋幼兒文學的趣味　張宜玲著　臺北市　華騰文化公司
　　　2004年10月

幼兒文學 ABC　鄭光中編著　四川市　四川少年兒童出版社　1988
　　　年5月

幼兒文學──在文學中成長　Walter Sawyer, Diane E. Comer 合著　吳
　　　幸玲校閱，墨高君譯　臺北市　揚智文化事業公司　1996年
　　　1月

幼兒文學的創作和加工　魯兵、聖野編　重慶市　重慶出版社　1990
　　　年9月

幼兒文學原理　黃雲生著　南京市　江蘇教育出版社　1995年4月

幼兒文學探索　中國出版工作者協會幼兒讀物研究會編　上海市　少
　　　年兒童出版社　1987年3月

幼兒文學教程　蔣風主編　南京市　東南大學出版社　1999年9月

幼兒文學教程　鄭光中主編　四川市　四川民族出版社　1998年4月

幼兒文學概論　王巨明著　西安市　陝西西安幼師　1985年3月

幼兒文學概論　張美妮、巢揚著　重慶市　重慶出版社　1996年11月

幼兒文學概論　黃郇媖　臺北縣　光佑文化事業公司　2005年9月
　　　增訂版

幼兒文學概論　蔣風著　太原市　希望出版社　2005年6月

幼兒語文教學研究——幼兒文學　李慕如、羅雪瑤編著　高雄市　高
　　　雄復文圖書出版社　1999年9月

低幼兒文學　祝士媛著　北京市　北京師範大學出版社　1988年2月

兒童文學與低幼語言教育　唐亞男、朱海琳、趙彥論著　北京市　科
　　　學普及出版社　1994年1月

教育視野中的幼兒文學　鄭荔著　南京市　江蘇教育出版社　2005年
　　　12月

論幼兒文學　瞿亞紅主編　北京市　高等教育出版社　2007年11月

閱後自評

每題10分，總分100分：

（　）一、各國兒童文學的源頭大致源至哪三種？

（Ａ）口傳文學　（Ｂ）古代典藏　（Ｃ）歷代啟蒙教材

（Ｄ）以上皆是。

（　）二、柏拉圖曾經把文學比喻成什麼，是各種關於文學的比喻中

最古老的比喻之一。

（Ａ）海洋　（Ｂ）燈　（Ｃ）鏡子　（Ｄ）圖畫書。

（　）三、在西方，把文學比喻為一種發光體是從近代以來開始的。

M.H.艾布拉姆把發光體直接解釋成什麼？

（Ａ）鏡子　（Ｂ）燈　（Ｃ）陽光　（Ｄ）圖畫書。

（　）四、西方文論的轉向（turn）有四次。所謂轉向，是指路線或方

向的轉變或轉折點。亦即是指觀念、思想、知識或話語等

所發生的重要轉變或轉型。請依時間，依序寫出四次轉向

為何？

（Ａ）人學轉向、神學轉向、認識轉向、語言轉向　（Ｂ）

神學轉向、認識轉向、語言轉向、人學轉向　（Ｃ）認識轉

向、語言轉向、人學轉向、神學轉向　（Ｄ）語言轉向、人

學轉向、神學轉向、認識轉向。

（　）五、兒童文學原是依附在什麼文學之下慢慢獨立發展開來的。

（Ａ）童年文學　（Ｂ）少年文學　（Ｃ）青少年文學　（Ｄ）

成人文學。

（　）六、同樣的，幼兒文學由什麼文學分化而來？

（Ａ）少年文學 （Ｂ）兒童文學 （Ｃ）青少年文學 （Ｄ）
成人文學。

（ ）七、所謂兒童權利，從性質來看，分為哪兩類？

（Ａ）基本權利、特殊權利 （Ｂ）生存權利、特殊權利
（Ｃ）發展權利、生存權利 （Ｄ）特別權利、自主權利。

（ ）八、兒童權利，若從內容區分，分為三類？

（Ａ）生存的權利 （Ｂ）受保護的權利 （Ｃ）發展的權利
（Ｄ）以上皆是。

（ ）九、哪兩個用語的普遍化，代表著幼兒文學和兒童文學分化完
成的象徵。

（Ａ）遊戲、創作 （Ｂ）圖畫書、幼兒文學 （Ｃ）語言、
遊戲 （Ｄ）美學、人類學。

（ ）十、當代西方哲學思潮大體上可分為哪兩大主軸？轉向？

（Ａ）人本主義、科學主義 （Ｂ）威權主義、科學主義
（Ｃ）人本主義、民主主義 （Ｄ）自我主義、獨立主義。

習　題

總分 100 分：

一、你對幼兒與文學有何個人看法？（20分）

二、西方文論研究重點的脈絡，可發現文學解讀理論經歷了三個明顯
　　的階段，即由作者中心論發展到文本中心論，乃至讀者中心論。
　　請試述之。（20分）

三、王泉根就以接受主體年齡特徵的差異性觀點，將兒童文學分為哪
　　三個層次和哪兩大部類，各從何種觀點出發，進行分類？（20
　　分）

四、請試述「全語言」（Whole Language）的概念。（20分）

五、你認同幼兒文學由兒童文學分化而來的嗎？試討論你的觀點？
　　（20分）

第二章　幼兒文學的製作與傳播

第一節　兒童文學的屬性

　　「兒童文學」一詞，就文法結構而言是「主從關係」的詞組，從其中可見組成的基本或先決條件。反之，就修辭觀點而言，則可見其特點所在。由此可知，「文學性」與「兒童性」是兒童文學最重要的兩種屬性。兒童文學的基本條件是「文學性」，這是共性，也是共同規律，兒童文學也要遵循這種文學創作的規律。至於「兒童性」，則是兒童文學的特殊性或特點所在，也是它異於成人文學之處。

　　兒童文學的屬性是由其特定的讀者對象所決定的。兒童文學本身就是文學上的年齡特點。零歲至十八歲的兒童，他們的生理、心理與社會發展狀況有明顯的特徵，而其中又以教育性、遊戲性最為顯著。至於兒童文學的文學性雖是必然條件，但亦有異於成人文學的文學性。總之，兒童文學的基本屬性是兒童性與文學性，引申來說，其屬性有四，試分述如下：

一　兒童性

　　所謂「兒童性」亦即承認兒童的「主體性」，這種觀點也是近代以來兒童文學觀的特點。

　　兒童文學之所以能自立門戶，是因為它有特定的服務對象。一般說來，是以零歲至十八歲為讀者為對象的文學。這是它的特點與特殊

性之關鍵所在。兒童文學最大的特殊性在於：它的生產者（創作、出版、批評）是具有主控權的成年人；而消費者（購書、閱讀、接受）則是被照顧的兒童。因此，從某種意義上來說，一部兒童文學發展史，就是成人「兒童觀」的演變史。兒童文學的發現來自兒童的發現，兒童的發現直接與人的發現緊密相連，而人類對自身的發現，則是一段漫長的探索歷程。

儘管自古以來就有兒童的教育問題，可是把兒童當作完整個體看待的觀念，卻直到二十世紀初期才逐漸形成。在此之前，兒童被視為「小大人」，他們沒有自己的天地，只是成人社會的附屬品。二十世紀以後，由於發展心理學蓬勃發展，以及教育理念的演進，各界對兒童的獨特性才加以肯定。認為從發展的觀點看，兒童不是小大人，而是有他們自己的權利、需要、興趣和能力的個人。聯合國於一九五九年通過《兒童權利宣言》，可說正是這種潮流的具體反映。

在一段很長的時間中，童年並沒有什麼特性。根據歷史學家的研究，歐洲各國在十六世紀以前，根本就沒有「童年」這個觀念，在那個時代，小孩只是具體而微的成人。正因為「兒童」這觀念是逐漸產生的，所以對兒童文學有意識的創作在十六世紀以前也就成為不可能的事了。

從「童年」這觀念的認清到兒童文學的受到重視，其間約有二百年的時間。大概在十八世紀末以後，小孩才不再是大人的縮影。在教育家眼裡，小孩是獨立存在的，兒童需要一種特殊文學的觀念也因而產生，於是兒童文學的創作，才開始並重兒童的興趣及教育。

兒童的特殊性受到承認，當首推十七世紀捷克教育家夸米紐斯（Johann Amos Comenius, 1592-1670），他最主要的貢獻就是把孩子看成一個個體。而英國思想家洛克（John Locke, 1632-1704）也認為教育必須配合孩子的天分和個人的興趣。其後法國思想家盧梭（Jean

Jacques Rousseau, 1712-1778）在《愛彌兒》中首揭兒童教育的基本主張。在《愛彌兒》一書中，始能找到以孩子特別的本性為出發點的教育原則。在很確切的目的下，不論求取知識方面、禮貌教育或品德教育方面，大家開始為兒童寫作。盧梭掀起了兒童研究的狂潮，兒童也拜盧梭、洛克之賜，開始從傳統權威中掙脫出來。此後，「自然兒童」的呼聲響徹雲霄；而後裴斯塔洛齊（Johann Heinrich Pestalozzi, 1746-1827，被譽為「平民教育之父」）更步其後塵，將「教育愛」用在兒童身上；又福祿貝爾（Friedrich Wilhelm August Froebel, 1782-1852，開創了世上第一所幼稚園，被尊為「幼稚園之父」）更身體力行，致力於學前教育；二十世紀以來，蒙特梭利（Dottoressa Maria Montessori, 1870-1952）以醫學和生理學眼光來探究兒童心靈的奧秘，提倡「獨立教育」並創辦「兒童之家」；而杜威（John Dewey, 1859-1952）則是進步主義運動的推動者；又皮亞傑（Jean Piaget, 1896-1980）更以認知心理學的層次來開墾兒童心智上的沃土。他們都將教育的重點建在兒童身上，是「兒童中心」學說的反映。

　　所謂「兒童中心」的教育主張，就是尊重兒童的獨立自由性。在這種新觀念的主導下，「注重啟發」、「摒棄教訓」及「兒童本位」便成為二十世紀以來兒童教育思想的主流。

二　教育性

　　兒童讀物的產生可說是源於教育兒童的需要，因此，教育性文學在所有的國家中，都是兒童文學的第一個階段，如貝洛爾（Charles Perault, 1628-1703）在每一則童話後，仍不忘對孩子說教一番。文學當然具有教育性，否認教育性的文學自然是不完善的文學。其實所謂的教育性，亦即是接觸到文學世界裡最古老的一個論題：文學與道

德。我們知道文學與道德或教育，就是在題材、作者、作品及讀者之間所構成的複雜關係。是極為複雜的多層次、多樣式、多性質的關係，任何化約的單純想法，都有自我謀殺的可能。

申言之，教育是人類才有的活動，也是永遠需要的，尤其是對於兒童。兒童期是人生發展過程中的一個階段，也是人生的基礎時期，人生早年所建立的態度、習慣與行為組型，是決定個體長大後對生活適應的主要因素。

這個時期的兒童需要成人的保護，且由於生理及神經結構的可塑性，所以較其他動物容易學習，及容易發展出許多不同種類的適應型態。這種「可塑性」的特質，即是「教育性」之前提。因此，兒童期總是和教育連繫在一起，是一生中集中受教育的一個階段。

其實，教育性應當是一切藝術、文學的共同特點，只不過兒童文學在要求「教育性」的程度和方式上與成人文學有所不同罷了。由於「教育性」的強調，導致不少人自覺或不自覺的忽視和否定了兒童文學的「文學性」，從而人為的給兒童文學造成了很大的侷限性，嚴重的束縛了兒童文學的發展。

又由於對「教育性」本身存在著種種不正確的理解，以致於常常會產生一些反效果。例如有人把「教育性」解釋為「教化」或向孩子灌輸某種思想，就使不少的作品擺脫不了公式化、概念化的毛病；又如把「教育性」演化為「主題明確」，使得許多作品在不同程度上都存在著「直、白、淺、露」的弱點；更有人把「正面教育」絕對化，只能寫「正面形象」，即只能寫優點不能寫缺點，更不能揭露陰暗面。

或說，所謂教育性並不意味著教訓性、道德性、倫理性，也就是說它不是指狹隘的教化，也不是指直接性、有意的、有形的、組織的、系統的、制度化的有形教育；而是廣義的、無形的教育，它是漫長的、漸進的。它的特點是經由耳濡目染而使人能夠潛移默化。其

實，所謂教育性只是成人單方面考慮的事。從兒童的立場來看，兒童文學應該滿足兒童的需求，也就是藉著成人的幫助，在兒童的理想世界裡，實現正確的人生觀，以及正當的生活態度。我們知道傑出的文學作品會對讀者發生影響。但是「說教」的作品卻不容易成為文學傑作。因為文學是「訴諸感覺」的，所以「沒有感覺的思想」、「不可感的思想」，不管那思想性多具有教育性，如果不是用文學的方法來寫，就不是文學作品。

兒童文學是教育兒童的文學，是兒童心靈的食糧，必須滿足他們在心理、生理與社會等發展的全面需要。這種需要是德、智、體、群、美的全面性教育。我們相信兒童文學的先決條件應當是文學；同時也要具有「教育性」的目的。缺乏「教育性」的作品，根本不可能是兒童文學。當然，我們也了解要充分發揮兒童文學的「教育性」功能，「寓教於趣」是不二法門；而其效果則是一種潛移默化的過程。

三　遊戲性

兒童文學的另一種屬性，一般稱之為「趣味性」，本文則易之為「遊戲性」，這是因為取其較具豐碩的內涵。兒童文學之所以需要遊戲性，不僅因為它是達到教育目的的一種手段，同時也因為它在某種意義上即是目的。

遊戲本是個古老的名詞，是人類的本能活動。人類與其他動物同樣具有遊戲的本能，所以會自然地發明各種遊戲來消磨時間。因此喜愛遊戲乃是兒童的天性，也是他們的第二生命。對兒童來說，遊戲是一種學習、活動、適應、生活或工作。

透過遊戲，兒童不僅能獲得大小肌肉的發展，也能使語言的發展、思考、想像、解決問題等能力獲得提升，更能幫助他們了解個人

與環境的關係、淨化其負向情緒、促進社會行為的發展，同時兒童的
創意更能藉著遊戲而發揮得淋漓盡致。遊戲是提供兒童在認知、社會
化、情緒等各方面發展上極有價值的催化劑。

　　沒有人能夠強迫兒童去閱讀他們不感興趣的書籍，儘管教育文學
在所有的國家中都是兒童文學的第一階段。為了達到種種不同的目
的，教育文學具有一般屬於消遣文學的各式各樣的文學型態，因此，
教育書籍寫得很吸引人是一個很古老的傳統。在兒童本位新觀念的主
導下，兒童不再只是被教育的對象而已，從此之後，他們擁有做夢，
也有嬉戲的權利。

　　其實，遊戲乃是人類的本能行為，它是一種無條件、與生俱來的
生存方式。對於遊戲或起源的研究，歷代有之，但因所持立場或觀點
不同，而有多種說法。追溯根源，遊戲說是康德（Immanuel Kant,
1724-1804）所提示的，這個說法乃是為追尋藝術起源而立。而光大
此說的人，則是詩人席勒 （Schiller, 1759-1805），其後又有人另外加
以修正。一般說來，文化中原有的遊戲因素，隨著現代文明的崛起，
逐漸的沒落了，直到後現代狀況（1960年以後）顯現後，對遊戲又有
了全面性且深入的研究。

　　啟其端者，當以赫伊津哈（Johann Huizinga, 1872-1945）最為著
名。赫伊津哈是荷蘭的歷史學者，他於一九三八年寫下《遊戲的人》
（*Homo Ludens*）一書。這是他唯一的一本論述遊戲的著作；也是當
代被引用最多的遊戲理論著作。在人類遊戲理論的研究史上，他樹立
了一塊重要的里程碑——開創了遊戲現象本質的研究，啟迪了神奇的
遊戲現象與人類文化之間奧秘的探查，並為「遊戲世界」與「真實世
界」之間錯綜複雜的交互關係，導引了新的研究模式。他寫作《遊戲
的人》的動機乃是源於他對於文化理論的一貫研究；對當時遊戲研究
方法的反動，並呼籲人們對於遊戲現象本質的研究；另一方面則是反

應和批評當時的政治情況及生活方式。他發現文化的源頭乃是遊戲，人類以遊戲而始，文化因遊戲而生。因此他的結論是：人類文化源於遊戲，拯救人類文明危機有賴純真遊戲精神受到重視。

　　赫伊津哈的著作特別注重於提升精神文化原動力的遊戲，對於通俗的大眾化遊戲（如柏青哥、賽馬等）卻漠不關心，這也是羅傑‧凱窪（Roger Caillois, 1913-1978）指摘的原因所在。

　　凱窪是法國學者（有關凱窪部分，本文參考《餘暇社會學》第四章〈遊戲類學〉頁79-96；劉一民，《運動哲學研究》，第二章〈遊戲的深層結構分析〉，頁25-46，師大書苑公司，1991年7月），他應用結構主義的方法更深入探討人類遊戲的重要性，主要著作有《遊戲、比賽與人》（*Man, Play and Games*），該書架構源於赫伊津哈的著作。由於凱窪的著作更為明確、清晰，且帶有科學味道的行文，更容易為讀者所接受。

　　凱窪在對遊戲現象作深層結構分析時，其方式是將四個遊戲範疇還原成二元對應的關係，並將它們一一相配，共得六對，六對中又劃歸成三組：即互斥關係組、偶發關係組、基本關係組。配對方式，如下：

對別	配對方式		組別	組名
一	競爭	暈眩	一	互斥關係組
二	機運	模仿		
三	競爭	模仿	二	偶發關係組
四	機運	暈眩		
五	競爭	機運	三	基本關係組
六	模仿	暈眩		

（見劉一民，《運動哲學研究》，頁38）

他認為「競爭──機運」和「模仿──暈眩」兩對屬於基本關係組。從基本關係組中顯現出對立與相互依存關係，並揭露遊戲對整個社會文化發展所隱含的意義，進而指證遊戲是文化發展的基石。

其後，後現代狀況顯現第三波的新時代來臨，所謂的新人類亦已出現。新時代一般稱之為資訊化社會、後現代社會。新時代是屬於感性與大眾通俗的時代，新人類則被稱為遊戲人。他們對日常生活感到厭煩，開始在生活的各個層面中注入遊戲，追求有朝氣的生活。在「遊戲化社會」裡，所有的資訊都應該具備遊戲的功能，「遊戲」成為最重要的關鍵字。人與物的關係是以滿足快樂需求為存在的前提，人與人的關係亦以快樂為主。所以，在生活的每個領域內，人類都積極尋求「遊戲」或「擬似遊戲」的愉快感覺。其所謂遊戲性或遊戲化的觀念有：

1. 追求愉快遊戲心的「愉快遊」，即追求有趣、好玩的慾望。
2. 追求快樂遊戲心的「樂趣遊」，即追求興奮、有期待的生活樂趣的慾望。
3. 追求驚奇遊戲心的「驚奇遊」，即滿足好奇、追求新鮮生活的慾望。

（見《創、遊、美、人》頁117）

面對強勢遊戲概念的侵襲，個人認為遊戲性非但是兒童本身的特色，更是兒童文學特點之所在。如何把遊戲性注入兒童文學之中，或許是我們應當省思的課題。

我們知道，遊戲對成人而言，或許只是一種消遣、娛樂或逃避例行事務的方法，但對兒童而言，遊戲就是工作、學習，也是生命的表現；遊戲是兒童獲取經驗、學習與實際操作的手段。當兒童玩扮演醫

生或建築師的遊戲時，他不僅是為了好玩而已，因為他就是醫生或建築師。在遊戲中，他嘗試扮演練習，並從四周環境中觀察到一些工作與技巧。

申言之，從「遊戲中學習」是最有效的學習方式，因為其中具有創意、歡笑、美感與人性。我們相信只要是好的文學作品，多半都具有刺激人們的遊戲精神，令人覺得興奮。所謂「文化始於遊戲之中」絕非空談或無稽之言。

四　文學性

兒童文學應當是文學，這是不容懷疑的事實。而文學雖是個常見的名詞，但是自有這個名詞以來，它的涵義即不確定。

從歷史上看來，文學一詞所代表的是當時的人對於文學的整個觀念，而且各個時代的觀念也不盡相同。因此，文學一詞的涵義也隨著時代而嬗變。

其實，在浪漫主義時期開始之後，我們對於文學的總概念才開始有所發展；而「文學」一詞的現代意義則是到了十九世紀才真正開始流行。然而對於何謂文學，迄今可能仍有各種不同意見，但文學是語言的構組則是無人能予以否認的。所謂構組是指它在組織結構方面別具匠心。語言是文學的藝術媒介，並非單單為了傳情達意，無論用什麼靈感、理論來探討，文學語言都不是即興的產物。日常對話方式產生不了文學語言，即使某些文體是用特種語域的方式也產生不了文學語言。因此，我們可以說文學是語言的藝術。

文學是語言的藝術。基本上，文學當然以成就美感價值為主，亦即透過語言以完成獨立自存之美的藝術結構，完成一美的價值，這就是它自身主體性的完美實現。對作品而言，它即是一切。當我們閱讀

一篇文學作品時，作品中有作者所欲傳達、作品所欲體現的意義。所
以文學作品的美感與意義是密不可分的。

　　有關美的範疇或藝術的類型，姚一葦先生認為有：秀美、崇高、
悲壯、滑稽、怪誕與抽象等六類，而屬於兒童文學的美感，個人認為
似乎應以「滑稽」為先。

第二節　幼兒文學的特殊性

　　幼兒文學之所以異於童年文學、少年文學，或青少年文學，主要
是接受主體是幼兒使然。幼兒一般是指二歲至八歲的兒童。這個階段
兒童的心理特點是很突出的。他們剛剛掌握語言，詞彙不豐富；具體
形象思維占優勢，六歲左右兒童的抽象邏輯思維還處於萌芽階段，他
們的分析、綜合、概括的能力也剛剛發展；幼兒認識事物的具體形象
和理解事物的表面性特點很突出。

　　一般說來，幼兒主要通過聽覺來感受文學美感。幼兒尚未識字
（或識字不多），亦即對學前的孩子來說，文學作品不是他們自己
讀，而是父母、教師唸給他們聽。

　　又幼兒文學是高度仰賴影像傳播的文學，而幼兒的學習管道通常
也是影像、聲音、觸摸重於文字。然而，正由於高度仰賴影像傳播，使
得畫家，乃至音樂工作者，在幼兒文學創作上與作家幾乎有並駕齊驅
的地位。這種具有高度科際整合的性質，更是幼兒文學的另一項特色。

　　此外，為了發揮較好的傳播效果，幼兒讀者常需有成人「伴
讀」；在共讀的激盪下，影響所及的常不只是幼兒讀者而已。

　　這種所謂傳播媒介的介入，主要是使語言更具有音樂性。

　　幼兒文學作品的語言，必須適應幼兒階段語言發展的特點。其目
的有二：

　　一、是為了作品內容易為幼兒所理解；

　　二、是為了發揮幼兒文學的特殊功能——促進幼兒言語的發展。

　　　　　　　　　　　（見祝士媛編訂，《兒童文學》頁18）

　　祝士媛認為幼兒學習語言主要是透過模仿，而幼兒文學作品是幼兒模仿語言的一個重要途徑。但是幼兒對於語言的模仿是有選擇的。形象、生動、誇張的語言，即使似懂非懂，幼兒也感興趣，學得很主動、迅速。對於根本不懂的詞句，他們不感興趣，也不會去模仿。

　　幼兒文學作品的語言，怎樣才能做到既適於幼兒理解，又能刺激起幼兒學習語言的興趣呢？是以幼兒文學的語言具有下列的特色：

一、用語具體、淺顯

（一）用詞要盡量具體

（二）用詞淺顯

（三）充分發揮動詞的作用

（四）要少用時間的詞彙

二、句子口語化

（一）以簡單句為主

（二）多用主動句，少用被動句

（三）盡量用短句

（四）要口語化

三、音響和諧，富有節奏感

（一）象聲詞

（二）韻律和節奏（以上詳見頁18-27）

又黃雲生於《人之初文學解析》一書中，概括幼兒在文學接受上的特點如下：

一、幼兒主要是通過聽覺的途徑來接受文學的。這是因為文學是語言藝術，而幼兒尚不識字，只掌握口語。所以只能通過口耳相傳，文學才能傳達給幼兒。於是，在幼兒文學作品和幼兒接受者之間必須有一個傳達媒介。充當傳達媒介的往往是家長和老師。此外，圖畫、電影、電視、錄音、玩具等輔助手段也具有傳達媒介的意義。但是最好的傳達媒介還是具有親情關係的成人。由於傳達媒介的參與，幼兒在文學接受上便產生間接性和受動性。他們還沒有能力直接選擇自己所需要的文學來欣賞。

二、幼兒習慣於以感性的態度在動態的過程中接受文學。幼兒思維的直覺行動性和具體形象性，決定了他們文學接受上的直觀感受性。他們注重文學作品中形狀、聲音、色彩的描述，對「新、奇、動」的人物形象、故事情節特別感興趣。那些抽象的、靜止的、冗長的敘寫，只會引起他們的反感和厭惡，被他們頭腦裡的「表象」所排斥。而在接受方式上，他們好動活潑，自制力差，不可能長時間地保持注意，也不喜歡「灌注式」的耳提面命。他們樂於在親切的對話情境中與文學作品展開感情交流。尤其是模仿性的語言、行為，能夠得到充分調動的遊戲情境，最適合他們的文學接受。從這個意義上說，幼兒在文學接受上又具有鮮明的遊戲性。

三、從文學接受的願望看，幼兒主要是為了滿足自己娛樂和求知的需要。需要是接受的基礎，由於需要才會引起接受者

的注意和興趣，才能進入接受的過程。幼兒文學所描述的熟悉的和陌生的生活內容以及生動有趣的表現形式，能滿足他們感官欲方面的需要；同時也激發他們探求未知世界的好奇心理，滿足他們求知欲方面的需要，從而獲得一種生理和心理上快感（滿足感）。由此看來，幼兒在文學接受上具有突出的娛樂性和求知性。隨著幼兒社會化程度的提高，他們在文學接受上的娛樂性和求知性的需要將逐步走向審美性的需要，成為真正意義上的欣賞活動。（頁118-119）

　　總之，幼兒文學不僅要體裁多樣，而且還要有自己特殊的遊戲樣式。

　　遊戲是幼兒的主要活動，幼兒不僅在遊戲中滿足活動的需要，獲得愉快的情緒，而且可以透過遊戲認識周圍世界。幼兒圖書的遊戲化、玩具化則是幼兒讀物的新特點。無論在兒童發展或在教育領域中，學前幼兒教育似乎是以遊戲為主體。

　　Lawrence J. Cohen在《遊戲力》一書中認為：

　　遊戲式教養提供實際的協助，幫助我們成為最好的父母，而且是最富有遊戲精神的父母。父母可以學習如何在真心連結的嚴肅面與撒野玩耍的愚蠢面之間取得平衡。《遊戲力》不僅能協助解決各種家庭的困難，它對順利的家庭也會有幫助。這種教養方式幫助每位孩子享有更多樂趣，對成人亦有助益。畢竟，我們每個人也都需要遊戲與玩耍。（頁20）

　　又：

在遊戲中使用遊戲式教養，是親子之間尋覓已久的橋樑。遊戲
所賦予的活力和親密感，可以舒緩親職工作的壓力。遊戲式教
養帶我們進入孩子的世界，依照孩子的步伐，培養出親密、自
信和連結。透過遊戲，我們踏入孩子喜悅、專注、合作和創造
力的世界。遊戲也是孩子順應世界、探索、理解新經驗以及從
傷害平復的方式。但是遊戲對成人來說並不是件容易的事，我
們已經忘了如何玩耍。孩子的世界和我們的截然不同，我們覺
得對方的活動無聊而陌生，他們怎麼能花整個下午玩娃娃？他
們怎麼能夠整個晚上都在聊天？（頁22）

又：

孩子熱愛遊戲幾乎是從出生就開始的，兩三歲時最為明顯。遊
戲可以發生在任何時間地點，它是一個平行的幻想與想像世
界，孩子自由地選擇進出。對成人來說遊戲是休閒，但遊戲是
孩子的工作，而且他們熱愛這份工作。遊戲也是孩子溝通、實
驗和學習的主要方式。（頁24）

第三節　幼兒文學的形式分類

　　一般說來，兒童文學的類型分類，皆採文體分類。文體亦有稱之
為文類、體裁、種類、體製、體勢、體式。就兒童文學學門而言，它
是屬於文學理論中的「類型論」，亦即是討論文章的類別。這是臺灣
兒童文學界常見的分類；試引列如下：

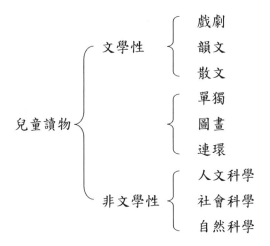

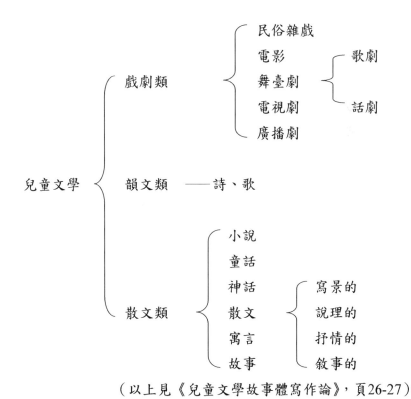

（以上見《兒童文學故事體寫作論》，頁26-27）

常見的文體分類雖有簡便的好處，但也有技窮之時。於是有了形式分類之說。個人曾有〈兩岸兒童文學文體分類比較研究〉一文（見《兒童文學學刊》第十四期，頁1-45）。該文針對兩岸兒童文學文體分類進行研究，文中指出文體分類為我國傳統文學觀特色之一，並分別對海峽兩岸的文類流變進行歷史沿革的考察，比較兒童文學文體分類與研究的特性，並對其差異進行探討。最後採用臺灣以大類（形式）的劃分，為散文、故事、韻文、戲劇、圖畫書等五類為主。形式分類既簡明且可補助一般分類的不足；又可消除兒童文學與兒童讀物之間的無謂糾葛。而目前臺灣幼兒文學的論著亦大多採用形式的分類。

吳鼎在《兒童文學研究》一書中，首先採用形式分類，且與文體分類並用。（頁79-89）

吳鼎認為兒童文學的形式有：散文形式的、韻文形式的、戲劇形式的、圖畫形式的等四種（頁79-90）。林守為於《兒童文學》認為兒童文學可分為三大類：散文、韻文、戲劇（頁11-12）。而許義宗於《兒童文學論》亦分為：散文、韻文、戲劇、圖畫書等四大類（頁16）。

臺灣地區自吳鼎採用「散文形式的、韻文形式的、戲劇形式的、圖畫形式的」四分法以來，就「大類」而言，可說是有其穩定性與可信性。又個人將「故事體」從「散文形式」中抽離成為一個「大類」，且將圖畫易為圖像，是以有五種形式的分類。

現在文學的分類方法，一般是採用「詩歌、小說、散文、戲劇」四分法，而兒童文學的分類，除本身的內部因素之外，就外部因素而言有三：

一、與民間文學的血緣關係
二、與成人文學的特殊聯繫

三、外來文化的影響

（以上詳見蔣風主編，《兒童文學原理》，頁85-92）

　　是以將「故事體」獨立於成為一個大類，即是與「成人文學」與「外來文化」有關。在成人文學裡頭顯然將「小說」與「散文」並列。又就西方兒童文學或兒童圖書館分類而言，（見鄭雪玫，《兒童圖書館理論/實務》，頁66）因為「小說類」（fiction）是兒童閱讀的主流，且數量多，是以將「小說類」（fiction）與「非小說類」（nonfiction）分開。所謂「小說類」，即是指以「事件的敘述者」為主。所謂「事件的敘述」，是指具有故事性而言（見林文寶，《兒童文學故事體寫作論》，頁87）個人稱之為故事類。

　　以下試將幼兒文學分為故事形式、圖像形式、韻文形式、戲劇形式、散文形式等五大類型，並說明如下：

一　故事形式

　　佛斯特（Edward Morgan Forster, 1879-1970）在《小說面面觀》中為故事下的定義：故事，是按照一連串事件的發展時間，依序排列而成的敘事。（頁50）在西方稱之為小說類（fiction）。包括童話、民間故事、寓言、小說等，它是兒童文學中的主流。

二　圖像形式

　　所謂圖畫，從當下圖像時代而言，亦當包括影像。以圖畫形式表現的幼兒文學，主要是藉圖畫或影像來表達或詮釋與幼兒相關的事物。內容有的照顧幼兒心理成長的需求，有的則提供幼兒認知學習的

素材。其類型有概念書、知識書、連環小人書、圖畫書、電影、動畫，漫畫亦當歸於此類。

三 韻文形式

詩與歌同是屬於韻文類的文學形式。兒歌尤其是幼兒文學中的主體，兒歌古代稱之為童謠；謎語、繞口令亦屬韻文類。

四 戲劇形式

戲劇是一種綜合語言、音樂、美術、建築、燈光等的藝術。戲劇活動也是最常被運用在幼兒學習活動中的一種教學形式，藉由欣賞戲劇表演，或幼兒參與表演的創造性戲劇，可以幫助幼兒獲得統整的知識。所謂戲劇形式，除可供閱讀戲劇文本之外，對於幼兒而言，主要是指演出的活動為主。

五 散文形式

所謂散文形式，是指狹義而言。涵蓋式的分法有敘事、抒情、說理與寫景四種。至於日記、書信、遊記、傳記、笑話、謎語等皆可包括在此四種裡面。

第四節 幼兒文學的製作理論

文學是藝術的一種；而藝術的定義是什麼？關於此問題，時因所持觀點不同而有所差異。王夢鷗於《文藝美學》中說：

　　我們所謂藝術，一向還沒有個較深刻而扼要的定義。有之，就是最近韋禮克與華侖在其《文學論》中所說的「藝術是一種服務於特定的審美目的下之符號系統或符號構成物。」這裡所謂符號，當然是指一切藝術品所應用的符號，如聲音、色彩、線條、語言、文字以及運動姿勢等等。倘依此定義來看，則所謂文學也者，不過是服務於特定的「審美目的」下之文字系統或文字的構成物而已。它之不同於其他藝術，在於所用的符號不同，但它所以成為藝術品之一，則因同是服務於審美目的。是故，以文學所具之藝術特質言，重要的即在這審美目的。反之，凡不具備這審美目的，或不合於審美目的，縱使有個文字系統或構成，終究不能算作藝術的文學。（頁131）

　　所謂「審美目的」，即是一種「美的」追求；這種「美的」追求，亦即是「情趣」的享受。這種「美的」追求或是「情趣」的享受，乃是就藝術本質而言。而這種「美的」追求與「情趣」的享受，又是服役於人生的。

　　兒童文學亦是屬於藝術的一種形式，因此就名詞本身而言，兒童文學有藝術的價值乃是不爭的事實，當然它也應當有「美的」追求與「情趣」的享受。但是，我們也相信他理當有另外一套相異於成人文學的理論和標準。

　　林良在〈論兒童文學的藝術價值〉一文中認為兒童文學的特質是：

　　一、它運用「兒童語言世界」裡的「語詞團」，從事文學的創作。
　　二、它流露「兒童意識世界」裡的文學趣味。（頁106）

　　我們知道兒童文學與成人文學的相異之處在於「兒童」兩字上。

兒童無論在心理、生理與社會等方面的需要都與成人有所差異。

就兒童期而言，它只是人生過程中的一個階段；這個階段卻是最需要父母與師長的導引。又就兒童本身而言，他的生命即是遊戲。因此我們相信兒童的遊戲是需要加以特別的注意與導引。從美學的觀點說，遊戲是藝術的一種形式；更明白的說，藝術雖帶有遊戲性，但藝術絕不止於遊戲，是以我們必須把遊戲加以導引，這就是里德（Herlest Read）所說「遊戲是一種較不正式的活動，能夠變成藝術的活動。因而獲得兒童有機發展的意義」（見里德，《藝術與教育》，頁234）

就美學的立場，遊戲與藝術相通之處；就廣義的遊戲（或曰休閒活動）言，遊戲可包括藝術活動。因此把由活動性的遊戲變為藝術性的遊戲活動乃是可能的事實；但其改變過程中必須留有相通之處，始能為兒童遊戲與藝術所接受。能為二者所接受，則兒童文學有其藝術價值乃由此而定。基於此理，個人認為兒童文學（尤其是幼兒文學）製作的理論是：

積極方面：在於「遊戲的情趣」之追求；
消極方面：不違反教育之原則。

此理論的論點是：就兒童而言是遊戲，就藝術而言是情趣，因「遊戲」與「情趣」而產生兒童文學；這也就是說：透過語言所傳達出來的兒童文學作品，在理論上它應該是屬於兒童的，同時也是藝術的。屬於兒童的是遊戲，而這種遊戲亦當經過一種特別的設計形式，使之合於教育的原則；屬於藝術的，即是情趣的捕捉。這種兒童文學首要的目的乃是在於才能的啟發；所用的方法是藝術化的。所以我們把情趣附屬於遊戲，遊戲因有情趣，乃成為藝術；而情趣由遊戲中得

來，所以適合兒童，這是所謂的藝術化的遊戲，這種藝術化的遊戲才能算是真正的兒童遊戲。

　　兒童文學因有情趣的享受所以亦能成為成人文學；又因為偉大的藝術是屬於一種自然與樸實的純真，所以真正好的兒童文學，也能是偉大的藝術品。我們相信兒童文學的製作，在理論上若缺少「遊戲的情趣」，則不能成為兒童文學作品；當然也不能被兒童所接受。因為這種作品缺少一種教育性的特別設計；這種作品或許具有知識性、教育性與美學性，可是卻因為缺少兒童學的理論基礎，而不能發生實際效用，這也就是說他們忽略了兒童之所以為兒童的根本原因。

　　申言之，從活動或成長的觀點來看，進展應自遊戲開始。在整個小學階段，除了遊戲的發展外，別無其他。當然，這種論點不是創先，「遊戲法」是一種公認的教育方法，特別是幼稚園教育階段。（見《教育與藝術》，頁234）

第五節　幼兒文學與傳播媒介

　　不論古今中外，文學不能孤立存在，傳播是必要的過程。

　　吳筱玫在《傳播科技與文明》一書中，認為早期的傳播定義總是強調傳播者、受播者、內容與效果，忽略傳播的工具與方法，既不強調科技面，也缺乏文化意涵。為了彌補這個缺憾，佛斯岱爾（Louis Forsdale）從文化角度為傳播下了一個定義：「傳播乃透過共享的符號，建立、維繫與改變系統的過程，而共享符號的形成，乃根據某些共同原則運作。」至此傳播有了文化與符號的意涵。一般說來傳播的幅員涵蓋甚廣，類別龐雜。大致而言，可以就「參與規模」、「溝通符號」與「傳播管道」三個面向分析所有的傳播活動。（頁5）

　　申言之，傳播的符號或管道，稱之為「媒介」（medium）（又譯

為媒體），源自拉丁文medium，意指「中間」。歸納起來，medium主
要有三種意涵：

一、「中介機構」或「中間物」。

二、專指技術層面，例如將聲音、視覺、印刷視為不同的媒介。

三、專指資本主義，在此意涵裡，報紙或廣播業（已經存在的
　　或可以被計畫的事物）被視為另外事物（如廣告）的一個
　　媒介。

　　從廣義上來看，說話、寫作、姿勢、表情、服飾、表演與舞蹈等
都可被視為傳播的媒介。有時媒介用來指涉傳播方式（比如是用印刷
媒介還是廣播媒介），但更常用於指涉使這些方式成為現實的技術形
式（比如收音機、電視機、報紙、書籍、照片、影片與唱片）（見葉
虎，《大眾文化與媒介傳播》頁19-20），因此有人直接稱之為「傳播
科技」。

　　麥克魯漢（Marshall Mc Luhan）與殷尼斯（Harold Innis）從「傳
播媒介」（或傳播科技）的角色看歷史的發展，他們認為在不同的歷
史階段，總有主導的傳播科技，其鼓吹的傳播模式將形塑我們的生活
型態、社會形貌，以及我們對世界的認知，從而創造出特有的傳播文
化。麥克魯漢認為媒體即訊息，使用媒體會造成人類心靈認知差異。
在麥克魯漢的媒體史觀中，口語傳播、拼音文字及印刷術，以及電子
媒體代表三個不同階段；三個階段的人類認知思維模式大不相同，社
會型態與心理邏輯也很不相像，不能以連續發展視之。或說，不同傳
播媒介對應不同「感官」，對社會文化影響至深。口述時期指向文字
未出現前的部落時代，此時人類溝通以聲音語言為本，「聽覺」這個
感官，凌駕其他感官之上，知識傳承靠智者對著群眾講演，是「聽

眾」的年代；文字出現後，音訊轉化成以「視覺」 來理解的符號，聽覺的優勢慢慢被視覺所取代，形成了「眼睛的世界」，不過，知識傳承並沒有太大改變，是「聽」與「讀」並用的年代；文字發揮廣泛的影響力，有賴活字印刷術的發明，尤其在西方，文字書籍得以大量複製，鼓勵人們獨立閱讀與思考，這種去部落化的效應，最終摧毀了部落文化，奠定西方個人主義與民族主義的基礎。印刷書籍的線性形式衝擊了人的感知能力，使人不論在思考或行動時，都依循線性的思維邏輯，而知識大量文字化的結果，視覺正壓倒聽覺，成為知識散布的主要感官，傳布對象也從「聽眾」演化成「讀眾」（the reading public）。到了電傳時期，電子媒介穿越時間與空間，把分散的世界重新組合，此時感官不再由視覺獨佔，而是各種感官彼此混合的狀態。當線性形式逐漸朝多元並行方向改變，人們便進入一個「多重感官認知體驗真實」的場域。電話、攝影、電影、廣播、電視和電腦並存，結合聽眾、讀眾、觀眾的混雜性，使當代人的社會與心理狀態有了混雜的轉化。

　　麥克魯漢出書於1960年代，當時並未談到網路科技，以今日眼光來看，「網路時期」應屬於第四階段。除了承接多元感官的混合經驗，網路讓人們在網際空間（cyberspace）中再部落化，更重要的是，網路也提供公共管道，使人們以利用不同的媒介形式書寫、展現自我，人們不再是被動接受訊息，而是主動發布訊息，這股「寫眾」（the writing public）的潮流，證明網路不只是電傳科技的延伸，更有自己獨特的社會文化效果。（見吳筱玫，《傳播科技與文明》，頁44-45）

　　傳播媒介的類別雖然仍迅速的增加中，但就感官而言，仍不離「說、聽、讀、看」。對於弱勢且獨特族群的幼兒，其接受文學的方式，離不開傳播媒介。

　　對兒童與傳播媒介的關係，尼爾・波茲曼（Nell Postman）《童年

的消逝》，David Buckingham《童年之死》是執負面觀點。然而面對
已然到處充斥的傳播媒介，如何使幼兒文學和傳播媒體相互融合，為
幼兒提供更強有力的學習經驗，乃是要優先考慮的事情。

　　總之，雖然媒介是科技，但它不是主體而是客體。如何有效利用
傳播媒體，協助幼兒邁向培養閱讀的習慣、發展對文學的興趣，其關
鍵在於有指導能力的大人（父母與師長）。

參考書目

一

一方活水——學前教育思想的發展　林玉體著　臺北市　信誼基金出版社　1990年9月

人之初文學解析　黃雲生著　上海市　少年兒童出版社　1997年11月

大眾文化與媒介傳播　葉虎著　上海市　學林出版社　2008年9月

小說面面觀　愛德華‧摩根‧佛斯特著　蘇希亞譯　臺北市　商周出版社　2009年1月

古騰堡星系　麥克魯漢著　賴盈滿譯　臺北市　貓頭鷹出版社　2008年2月

幼兒文學——在文學中成長　Walter Sawyer　Diana E. comer 著　墨高君譯　臺北市　揚智文化事業公司　1996年1月

幼兒文學教程　鄭光中主編　成都市　四川民族出版社　1998年8月

幼兒文學概論　張美妮、巢揚著　重慶市　重慶出版社　1996年12月

幼兒文學概論　黃郇媖著　臺北縣　光佑文化事業公司　2002年10月

幼兒的語文經驗　黃瑞琴著　臺北市　五南圖書出版社　1993年1月

兒童文學　林文寶、陳正治等著　臺北市　五南圖書出版社　1996年5月

兒童文學　祝士媛編訂　臺北市　新學識文教出版中心　1989年10月

兒童文學的審美指令　王泉根著　長沙市　湖北少年兒童出版社　1991年5月

兒童文學故事體寫作論　林文寶著　臺北市　毛毛蟲兒童哲學基金會，1994年1月　三版一刷

兒童文學研究　吳鼎著　臺北市　遠流出版社　1980年11月

兒童的審美發展　樊美筠著　臺北縣　愛的世界出版社　1990年8月

兒童遊戲通論　劉焱著　北京市　北京師範大學出版社　2004年12月

兒童讀物　林文寶、許建崑等著　臺北縣　國立空中大學　2007年
　　12月

教育與藝術　Herbest Read 著　呂廷和譯　高雄市　自印本　1973年
　　11月

童年之死　大衛・帕金翰著　張建中譯　北京市　華夏出版社　2005
　　年2月

童年的消逝　Nell Postman 著　蕭昭君譯　臺北市　遠流出版社
　　1994年11月

傳播科技與文明　吳筱玫著　臺北市　智勝文化事業公司　2009年4月

遊戲力　Lawrence J. Cohen 著　林意雪譯　臺北市　遠流出版社
　　2007年11月

遊戲化社會　高田公理著　李永清譯　臺北市　遠流出版社　1990年
　　5月

遊戲的人　約翰・赫伊津哈著　多人譯　杭州市　中國美術學院出版
　　社　1996年10月

遊戲是孩子的功課　維薇安・嘉辛・裴利著　楊茂秀譯　臺北市　成
　　長文教基金會　2007年7月

運動哲學研究　劉一民著　臺北市　師大書苑有限公司　1991年1月

語言可以這樣玩　王派仁・何美雪著　臺北市　心理出版社　2008年
　　8月

說來聽聽　艾登・錢伯斯著　蔡宜容譯　臺北市　天衛文化圖書公司
　　2001年2月

餘暇社會學　加藤秀俊著　彭德中譯　臺北市　遠流出版社　1989年
　　11月

二

兒童文學範疇論　洪文瓊　東師語文學刊　第9期1996年6月　頁129-
　　　　145。

兩岸兒童文學文體分類比較研究　林文寶　兒童文學學刊　第14期
　　　　2005年12月　頁1-46。

論兒童文學的藝術價值　林良　兒童讀物研究　1965年4月　頁99-
　　　　109。

閱後自評

每題10分，總分100分：

（　）一、以下何者為兒童文學的屬性？

（A）兒童性 （B）教育性 （C）遊戲性 （D）以上皆是。

（　）二、幼兒一般是指幾歲到幾歲的兒童？

（A）一至十八歲 （B）十二至十八歲 （C）二至八歲 （D）二十歲至二十八歲。

（　）三、祝士媛認為幼兒學習語言，主要是透過怎樣的方式學習？

（A）體罰 （B）模仿 （C）自學 （D）強迫。

（　）四、林良在〈論兒童文學的藝術價值〉一文中認為兒童文學的特質是：它運用「兒童語言世界」裡的什麼元素，從事文學的創作？

（A）語詞團 （B）繞口令 （C）詩詞 （D）手語。

（　）五、林良在〈論兒童文學的藝術價值〉一文中認為兒童文學的特質是：它流露怎麼樣的文學趣味？

科幻世界 （B）兒童意識世界 （C）眼睛的世界 （D）冥想世界。

（　）六、幼兒圖書的哪兩種概念，是幼兒讀物的新特點？

（A）物質化、商品化 （B）遊戲化、具體化 （C）擬人化、表象化 （D）遊戲化、玩具化。

（　）七、以下何者屬幼兒文學的文體？

（A）故事形式 （B）圖畫形式 （C）戲劇形式 （D）以上皆是。

（　）八、傳播的幅員涵蓋甚廣，類別龐雜。大致而言，可以就哪三
個面向分析所有的傳播活動？
（Ａ）參與規模、溝通符號、傳播管道　（Ｂ）動作發展、
認知發展、語言發展　（Ｃ）獨特性、前瞻性、傳播性
（Ｄ）途徑、速度、區域特色。

（　）九、林文寶認為，兒童文學（尤其是幼兒文學）製作的理論，
在積極方面，強調什麼的追求？
（Ａ）知識的傳達　（Ｂ）遊戲的情趣　（Ｃ）技能的學習
（Ｄ）全人發展。

（　）十、林文寶認為，兒童文學（尤其是幼兒文學）製作的理論，
在消極方面則是不違反什麼的原則？
（Ａ）遊戲　（Ｂ）飲食　（Ｃ）作息　（Ｄ）教育。

習題

總分100分：

一、從兒童文學的四個屬性中，你認為哪個屬性對於幼兒文學最為重要，請試述原因。（20分）

二、為什麼幼兒文學常需有成人伴讀，或者共讀？（20分）

三、幼兒文學的語言具有什麼特色？並闡述這些特色的形成，可觀察出哪些幼兒文學的價值觀？（20分）

四、請試述幼兒文學與遊戲概念間的關係。（20分）

五、傳播媒體是一股不可抵擋的勢力，你如何看待現在幼兒文學與傳播媒體之間的關係，你是抱持樂觀的態度？還是悲觀的態度，為什麼？（20分）

肆、《插畫與繪本》

林文寶等編著：《插畫與繪本》

（新北市：國立空中大學，2013 年 8 月）

一　書影

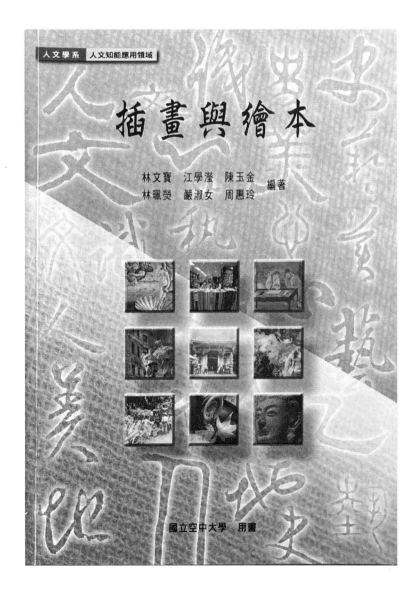

二　序──走進創意與想像的世界

「繪本（えのほん）」一詞從日語而來，意指圖繪的書；「圖畫書」一詞則來自英文 picture books 的直譯；另外，「圖畫故事書」則來自臺灣早期的說法。

此三者一直是糾纏與混淆的詞語，而「繪本」一詞之所以漸趨流行，是一種選擇與共識，並沒有太多的道理可言，是一種約定俗成的默契。至於繪本的圖畫作者，西方一般稱之為插畫家（illustrator）。臺灣自二○○○年二月毛毛蟲兒童哲學基金會在楊茂秀的構思下，成立「圖畫作家」藝文空間，主張：作家用文字寫作，圖畫作家用圖畫寫作，創作圖畫書的人就是「圖畫作家」，似乎可以用來定義繪本的圖畫作者，至於插畫，則定義：為童書設計的圖。

繪本的閱讀對象是低幼孩子。它是以圖畫的方式呈現的故事書，是用孩子喜歡的圖畫語言，以及孩子能夠理解的圖畫表現手法，向孩子展現一個神奇的、充滿想像與創意的世界。低幼孩子的喜好和大人不太一樣，他們喜歡誇張、新奇、充滿童趣，有別於真實生活的故事；而不喜歡枯燥的故事，乏味的敘述。因此，寫給孩子看的書，特別是繪本，較之於大人看的書，總是洋溢著濃郁的趣味性、歡愉性和遊戲性。這種趣味性、歡愉性和遊戲性，即是創意與想像力的實踐。

雖然，繪本由於自身的演進，以及「視覺轉向」（或稱圖像轉向）的驅動，已然成為一種獨立的文類，並且閱讀對象亦不再以低幼孩子為主；可是本書仍將其歸之於兒童，對象仍是以低幼孩子為主，其理由是期望透過孩子閱讀的繪本，似乎更有助於成人重現童年，以

及體驗無邪的創意與想像。

全書共計有十三章。除第一章兒童繪本的美學與閱讀理論由我執筆外，其他的十二章皆由對繪本有所專精的年輕學者撰寫，他們是：江學瀅（二、三兩章）、陳玉金（四、五兩章）、林珮熒（六章）、嚴淑女（七、八、九等三章）與周惠玲（十、十一、十二、十三等四章）。謝謝他們的參與，並感謝空大對我的信任。

林文寶　謹識

三　目次

第一章　兒童繪本的美學與閱讀理論

學習目標

　　──研讀本章後，學習者應能達成下列目標：

一、了解兒童文學與兒童觀之間的關係。

二、認識插畫、繪本的美學。

三、認識插畫與繪本的閱讀理論。

摘要

本章說明兒童觀的形成，進而從兒童論的視角論述兒童對繪本、插畫的美學觀與閱讀觀。

第一節：兒童觀的形成

插畫與繪本，我們將它歸屬於兒童文學下來討論，是以必須論述及兒童觀。

兒童文學之所以能自立門戶，是因為它有特定的服務對象。一般說來，是以0歲至18歲為讀者對象的文學。這是它的特點與特殊性之關鍵所在。兒童文學最大的特殊性在於：它的生產者（創作、出版、批評）是最有主控權的成年人；而消費者（購書、閱讀、接受）則是被照顧的兒童。因此，從某種意義上來說，一部兒童文學發展史，就是成人「兒童觀」的演變史。兒童文學的發現來自兒童的發現，兒童的發現直接與人的發現緊密相連，而人類對自身的發現，則是一段漫長的探索歷程。

儘管自古以來就有兒童的教育問題，可是把兒童當做完整個體看待的觀念，卻直到二十世紀初期才逐漸形成。在此之前，兒童被視為「小大人」，他們沒有自己的天地，只是成人社會的附屬品。二十世紀以後，由於發展心理學蓬勃發展，以及教育理念的演進，各界對兒童的獨特性才加以肯定，認為從發展的觀點看，兒童不是小大人，而是有他們自己的權利、需要、興趣和能力的個人，聯合國於一九五九年通過「兒童權利宣言」，可說正式這種潮流的具體反應。

在一段很長的時間中，童年並沒有什麼特性。根據歷史學家的研究，歐洲各國十六世紀以前，根本就沒有「童年」這個觀念，在那個年代，小孩子只是具體而微的成人，正因為「兒童」這觀念是逐漸產生的，所以對於兒童文學有意識的創作，在十六世紀以前也就成為不可能的事了。

從「童年」這觀念的認清到兒童文學的受到重視，其間約有二百

年的時間。大概在十八世紀末以後，小孩子才不再是大人的縮影。在
教育家眼裡，小孩子是獨立存在的，兒童需要一種特殊文學的觀念也
因而產生，於是兒童文學的創作，才開始以兒童的興趣及教育並重。

　　兒童的特殊性受到承認，當首推十七世紀捷克教育家夸米紐斯
（Johann Amos Comenius, 1592-1670），他最主要的貢獻就是把孩子看
成一個個體。而英人洛克（John Locke, 1632-1704）也認為教育必須
配合孩子的天分和個人的興趣。其後盧梭（Jean Jacques Rousseau,
1712-1778）在《愛彌兒》中首揭兒童教育的基本主張。在《愛彌
兒》一書中才能找到以孩子特別的本性為出發點的教育原則。在很確
切的目的下，不論求取知識方面、禮貌教育或品德教育方面，大家開
始為兒童寫作。盧梭掀起了兒童研究的狂潮，兒童也拜盧梭、洛克之
賜，開始從傳統權威中掙脫出來。此後，「自然兒童」的呼聲響徹雲
霄；而後裴斯塔落齊（Johann Heinrich Pestalozzi, 1746-1827）更步其
後塵，將「教育愛」用在兒童身上；又福祿貝爾（Friedrich Wilhelm
August Froebel, 1782-1852）更身體力行，致力於學前教育；二十世紀
以來，蒙特梭利（Dottoressa Maria Montessori, 1870-1952）以醫學和
生理學眼光來探究兒童心靈的奧祕，提倡「獨立教育」，並創辦「兒
童之家」；而杜威（John Dewey, 1859-1952）則是進步主義運動的推
動者；又皮亞傑（Jean Piaget, 1896-1980）更以認知心理學的層次來
開墾兒童心智上的沃土。他們都將教育的重點建立在兒童身上，是
「兒童中心」學說的反映。

圖 1-1　夸米紐斯　　　　圖 1-2　洛克　　　　圖 1-3　盧梭

圖 1-4　《愛彌爾》書影

圖 1-5　裴斯塔落齊　　圖 1-6　福祿貝爾　　圖 1-7　蒙特梭利

圖 1-8　杜威　　　　　圖 1-9　皮亞傑

　　所謂「兒童中心」的教育主張，指的不是一套有系統、有統整性的理論，甚至在於許多重大的議題上，也有不同的觀點。但是在尊重兒童的獨立自由性則是一致的。在這種新觀念的主導下，「注重啟發」、「摒棄教育」及「兒童本位」便成為二十世紀以來兒童教育思想的主流。傳統教育以「小大人」為目的的兒童讀物已不符合新的兒童

教育觀念，因為它們是從大人的角度來編寫的，在內容上通常只考慮到文字的淺顯，並未顧及兒童的興趣與需要。真正的兒童讀物應該是以兒童為考慮中心，它的目的是在幫助兒童的發展。因此，如何創作一些可以抓住兒童的好奇心、幽默感和挫折感的文學作品，正是現代兒童文學作家所要努力的。申言之，兒童文學要站在兒童的立場，從兒童的心理、生理與社會的觀點，再用兒童能理解的語言來創作。兒童文學在形式上和內容上，都是受到限制的，當一個作家在為兒童寫作時，必須意識到：兒童特有的感覺、兒童特有的理論思考、兒童特有的心理反應，以及兒童特有的價值觀等。換言之，現在的兒童文學要以兒童發展（心理、生理與社會）為考慮基礎。這是我們在談論現代兒童文學時所必須的基本認識。

　　至於繪本是晚出的文類，就西方而言，或曰繪本的雛形是始於夸米紐斯的《圖畫書中見到的世界》。直到十九世紀末的英國，有沃爾特・克萊恩（Walter Crane, 1845-1915）、凱特・格林威（Kate Greenaway, 1846-1901）、藍道夫・凱迪克（Randolph Caldecott, 1846-1886）三人為二十世紀開花結果的繪本，奠下深厚的基礎。沃特・克萊恩著眼於中世紀細密的裝飾藝術，在製作上又極其重視手工，其華麗細緻的敘述方式，無不在積極宣言，大人應該要為培養兒童的美感而著力。凱特・格林威則自始自終都在捕捉童稚的真純與無邪。至於藍道夫・凱迪克（Randolph Caldecott 1846-1886），則可以說是立下繪本形式典範的第一人。（見林真美《繪本之眼》，頁9-10。）

圖 1-10　繪本之眼書影　　圖 1-11　沃爾特・克萊恩　　圖 1-12　凱特・格林威

圖 1-13　藍道夫・凱迪克

　　從「兒童觀」檢視繪本，其中較為稱道者有：

　　莫里斯・桑達克（Maurice Bernard Sendak, 1928- 2012）於一九六
三年以《野獸國》率先顛覆了以成人對兒童的普遍看待。在保守的當
時，《野獸國》可說在美國人的眼前投下了一顆震撼彈。在成人普遍
認為兒童應該溫馴服從的年代，它卻讓一個頑皮、和媽媽鬥嘴的小

孩，以最真實的兒童姿態出現在繪本的舞台；帶領孩子衝出了現實的框架，經由想像，在野獸國裡找到了發散野性、釋於鬱悶的機會。

圖 1-14　莫里斯・桑達克　　　圖 1-15　《野獸國》書影

又佩特・哈金絲（Pat Hutchins, 1942-），於一九八五年在英國誕生了怪獸小孩比利。比利在一系列的作品中，肆無忌憚的讓比利瘋狂演出所有不見容於成人的行徑。如《最厲害的妖怪》，得到「壞寶寶」的比賽的冠軍；《比利得到三顆星》是比利在上幼稚園的第一天，就因為胡搞亂搞而得到老師送的三顆星。

圖 1-16　佩特・哈金絲　　　圖 1-17　《最厲害的妖怪》書影

圖 1-18　《比利得到三顆星》書影

又如約翰・伯寧罕（John Burningham, 1937-2019），他在一九七七、一九八八年以《莎莉，離水遠一點》、《莎莉，洗好澡了沒？》這兩本姊妹作，道盡了成人與兒童這兩個世界的差異。他一方面聲援兒童的想像世界；一方面則毫不留情的諷刺大人世界的無色無味（同上，見第十章〈「兒童觀」的面面觀〉，頁184-197。）

圖 1-19　約翰・伯寧罕

圖 1-20　《莎莉，離水遠一點》書影

圖 1-21　《莎莉，洗好澡了沒？》書影

第二節　插畫與繪本的美學觀

本節擬分美的範疇、滑稽的意義敬兒童繪本美學三小節說明之。

一　美的範疇

在生活中，到處都存在著美

我們觀賞一株色彩鮮麗的玫瑰花與觀賞波濤萬頃，海天一色的大海洋。帶給我們美的感受是屬於不同的美的類型。

如果我們進到藝術品的領域，情形就更加複雜了。不同的藝術品會產生不同的美感，不僅形式上不同於自然，而且不屬於純淨的、積極的快感，在快感中混雜了或哀憐恐懼、或滑稽突梯、或荒誕怪異、或曖昧朦朧的成份。所以是不同的美的類型。

因此，美實際上具有不同形態、樣相與性質，這種不同的形態、樣相與性質，在美學上稱之為美的範疇。

關於美的範疇的研究雖然是相當近代之事。而有關美的形態或藝術的類型的專題研究則由來甚早。最早有系統的確立悲劇之性質，並劃分悲劇與喜劇之區別者為亞里斯多德的《詩學》。直到1790年康德《判斷力批判》出版，是美學史上一個重要里程碑。康德將美學的類型或範疇的問題，提升到哲學的層面。而後，將美的範疇作為思維或存在的基本形式，而從事哲學的探討，遂形普遍。尤其在德國，由於觀點不同以及方法運用上的差異，美的範疇的劃分，眾說紛紜，莫表一是。而本文則依姚一葦《美的範疇論》（詳見頁1～11），依其劃分如下：

表 1-1　由姚一葦提出美的範疇

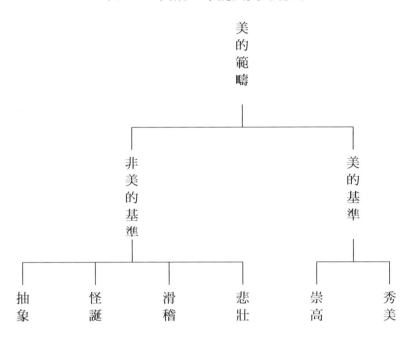

　　姚氏認為「美的基準」的範疇內，由量的變化而形成兩種不同性質的美；一為小的美；一為大的美。

　　而非美的基準，則是質的變化，其間由「悲壯」到「滑稽」、由「怪誕」到「抽象」形成兩組對照的四種範疇。前者表現出自身之人格價值；後者則是具有人的精神層面的意義。

二　滑稽的意義

　　姚氏「美」的範疇論，具有普世價值的意義，但就兒童而言，似乎是以「滑稽」為先，於是有對「滑稽美」多加了解的必要。

　　早在中國司馬遷《史記·滑稽列傳》「滑稽」這個名詞就出現。但《史記》旨在教育感化作用，與泛指使人發現的語言、行動或喜劇

性表現形態的「滑稽」有所不同。至劉勰《文心雕龍・諧讔》則說「諧之諧也，辭淺會俗，皆悅笑也。」

辭海解釋「滑稽」一詞為：

1. 滑，謂亂也，稽，同也，言辯捷之人，言非若是，說是若非，能亂同異，楚辭云：『突梯滑稽，如脂如韋』是也。見史記滑稽傳索隱。按史記樗里子傳索隱，滑音骨。

2. 滑稽，俳諧也，滑讀音如字，稽音計，言諧語滑利，其智計疾出也。見史記滑稽傳索隱引姚察說。

3. 流酒器也。漢書陳遵傳：『鴟夷滑稽，腹如大壺，』沈欽韓漢書疏證引催浩漢記音義曰：『滑稽，酒器也，轉注吐酒，終日不已。』王先謙曰：『滑稽，蓋若今俗所云酒過龍。』按史記滑稽傳索隱亦引崔浩說，讀為骨稽，言出口成章，詞不窮竭，若滑稽之吐酒也。（《辭海》編輯委員會主編熊鈍生主編　台灣中華書局最新增訂本　1979年12月　頁2763）

由此可見「滑稽」一詞有說話流利、善辯、出口成章與悅笑等意思。而湯哲聲說得更清楚，他在《中國現代滑稽文學史略》解釋：

滑稽的本意是一種盛酒器。「滑」者，泉水湧動的樣子；「稽」者，持續不斷的意思，酒從一邊流出來，又向另一邊轉注進去，不斷地向外淌。司馬遷取其流暢的喻意，將宮廷的俳優列為「滑稽」的人物，意思他們出口成章，機智巧辯，對答如流，如滑稽吐酒不已般地流暢，並在《史記》中為他們立了傳，這就是我國最早出現的評價滑稽的文章《史記・滑稽列傳》。從此，「滑稽」也就作為一種美學範疇存在於中國的文學作品中。

俳優本是跟在帝王後面的供帝王愉樂的角色，他的目的是使帝王笑，所以滑稽是一種笑的藝術。

俳優使帝王笑的基本手段是依靠語言的機智、形體的變化以造成一種非理性化的情態，讓別人在感情上得到愉樂，所以說投諸到語言和行動上的非理性化是滑稽藝術的主要手段。

俳優言笑的基本內容取於日常生活，他總是通過某一種司空見慣的事，某一句司空見慣的話，使它們產生新意，所以說滑稽藝術充滿著生活情趣和世俗氣息。

俳優是笑角，但是優秀的俳優則是極好的諫臣，他們都是用「說笑話」為遮掩隱喻諷諫的，所以說好的滑稽作品就有著勸戒性諷刺性和批判性。（頁1。）

　　從此解釋，更可以看出於中國「滑稽」這個詞的源頭跟平常生活使用的「滑稽」一詞雖然有些落差，「滑稽」的字源帶有講話流利、有智慧者藉由說話言語，諷諫帝王的意思。但是，現在生活用語的「滑稽」有著好笑、丑角、甚至帶著些許的鄙視意味。就有點像中國戲劇上的丑角，或者是歐美的小丑的角色，不管是丑角或者是小丑，都是指他們經常使用「滑稽」的動作，製造笑果，讓觀眾開口大笑。而「滑稽」的動作就不外乎是誇張、出乎意外、扮醜、模仿等技巧轉化而成。因此現在日常所使用的「滑稽」概念和中國字源的「滑稽」概念已經有些落差。造成這些落差，其實是有機可覓，或許可以從歐美的滑稽概念尋的一些蛛絲馬跡。

　　舉凡姚一葦、李澤厚等美學專家和大部分的翻譯作品，均把comic和「滑稽」劃上等號，但也有例外，例如朱光潛翻譯的黑格爾《美學》是把德文Ironie（也就是英文的Irony）一詞譯成「滑稽」。（詳見

朱夢實譯黑格爾著的《美學》，頁91第54個註解），這是罕見的譯法，通常Irony都譯為「諷刺」，跟滑稽有一段差距。既然絕大部分的中文翻譯都把comic翻成「滑稽」，那英文的comic與中文的「滑稽」必定一定的相似度，關於歐美comic，在湯哲聲的《中國現代滑稽文學史略》，有段粗略的簡介：

> 歐美的滑稽起源是和喜劇的產生分不開的，喜劇產生於希臘農民祭奠酒神的儀式，「喜劇」一詞在希臘詞中的本義是「狂歡之歌」，是指希臘人在葡萄收穫季節謝神時表演的狂歌狂舞，這種狂歌狂舞是以滑稽的扮相者做出「化裝的遊玩」為主要內容的。滑稽是為了「遊玩」得更快樂更有趣味性而服務的。中國的滑稽來自俳優們對帝王的諷諫，滑稽的目的是為了「諷諫」更具有可接受性。（頁217）

以此得知，中國的滑稽與歐美的comic一詞在詞意與歷史背景當中有所差距，湯哲聲也把這個差距點了出來，認為歐美的comic是為了遊玩有趣而服務，而中國的滑稽概念跟俳優相關，有諷諫的意思，這也是最大不同。另外，湯哲聲和姚一葦都指出亞里斯多德是歐美第一個研究滑稽者，或許可以在從亞里斯多德對滑稽的解釋，看出歐美對滑稽的釋義有和差別，亞里斯多德在詩學中所說的：「滑稽的事物，或包含謬誤，或其貌不揚，但不會給人造成痛苦或傷害。現成的例子是喜劇演員的面具，它雖然既醜又怪，卻不會讓人看了感到痛苦。」（詳見亞里斯多德《詩學》第5章。引自陳中梅譯注版本。）從亞里斯多德的這段話就可看出歐美對滑稽的立論，從此離不開「醜」字，或許扮醜只是俳優表達滑稽的一種方式，但是俳優最主要的目的是諷諫，但歐美的滑稽注重的是醜與歡樂，這是中國的「滑稽」一詞

與歐美的「comic」一詞有基本上的差異。而「滑稽」的美學藝術詮釋就是在於這兩種背景下，應運而生。以下是《美學與美育詞典》對「滑稽」的釋意：

> 審美範疇之一，喜劇性的主要表現形式。是用蠢笨的、機械的或醜的外觀形式表現言行上的機智或敏捷。從類型上分，有否定性滑稽和肯定性滑稽。否定性滑稽是指以美感不協調的形式來表現自身醜的的內容實質，因為構成令人發笑的滑稽。肯定性滑稽是指以醜的形式表現著美的內容的實質，以其幽默的方式抨擊醜惡事物。它的本質是美、善和機智，是以奇特的誇張的、甚至荒誕的型態表現出來，因而顯得滑稽可笑。車爾尼雪夫斯基指出，當醜自炫為美的時候，就變成為滑稽。否定性滑稽的美學特徵是：不合目的不合規律的事物，採取了合目的和規律的外觀。肯定性滑稽的美學特徵是：合規律合目的的事物，採用不合目的不合規律的外觀。
>
> 現實中的滑稽對象也反映到藝術中，不僅集中反映在喜劇藝術中，而且也反映在漫畫、相聲、文學等藝術形式中。(頁44)

這裡是把「滑稽」當做是一種美學範疇，從「愚笨的」、「機械的」、「醜的」、「機智」、「敏捷」等關鍵字，可以知道此處的「滑稽」概念已經融合東方的機智、流利的說話和西方醜的滑稽概念，作為滑稽的美學範疇。

而姚一葦把滑稽當做一個美學範疇，與《美學與美育詞典》的滑稽概念十分雷同，姚一葦在《美的範疇論》第五章〈論滑稽〉中，闡釋「滑稽」：所謂滑稽（comic），乃指此類藝術品可以使吾人愉悅，使吾人發笑，或者說可以使吾人產生一種滑稽感。（詳見姚一葦，《美

的範疇論》，頁228）姚一葦以更簡潔的方式，說明只要此藝術品讓人愉悅，發出笑聲就會產生一種滑稽感，但是光笑就有微笑、捧腹大笑、譏笑、不好意思的笑、假笑、傻笑、牽強的笑、噗哧的笑、吃吃的笑等等，難道這些均為滑稽的範疇，這或許值得再商榷。但是，從〈論滑稽〉中，姚一葦對滑稽的範疇詳細的歸類與介紹，可知與《美學與美育詞典》詮釋滑稽的概念相差無幾，而其中最為類似的地方，就是姚一葦和《美學與美育詞典》中對滑稽的詮釋，都與醜離不開關係。

從上述整理看來，現在滑稽的意義融合中國對滑稽的詮釋（非理性造成滑稽藝術的主要手段和滑稽所帶來的諷諫效果）和歐美的醜學，給予滑稽新的詮釋。雖然許多美學家對滑稽的詮釋仍有些微差距，但基本上，不會脫離中國和歐美的這兩種說法。例如美學家朱光潛的滑稽定義就受歐美對滑稽詮釋的影響，他說定義為：「以遊戲的態度，把人事和物態的醜拙和乖訛當作一種有趣的意象去欣賞。」（引自湯哲聲《中國現代滑稽文學史略》，頁2）明顯可見，朱光潛認為滑稽與醜是不可分割，甚至提出「以遊戲的態度」為之。而李澤厚的滑稽論就受到中國滑稽意義的影響，但仍不脫離中國與歐美對滑稽的基本定義。 甚至湯哲聲認為，俳優的功能及其表現方式已經規定了滑稽的內涵和外延，雖然仍有許多人對滑稽做出多種的解釋和探索，但是滑稽的基本含義仍沒有什麼變化。（詳見湯哲聲《中國現代滑稽文學史略》，頁2。）這種說法太過絕對，因為滑稽的概念其實融合歐美的滑稽醜學概念。

又姚一葦進而界定滑稽美的範圍，認為滑稽的美有下面幾點限制：

> 第一：吾人應知滑稽必引起發笑，但發笑並非就是滑稽，蓋在
> 　　　人世間，笑的種類甚多：有純心理的笑，例如「笑氣」

或搔癢所引起的笑係屬於一種純生理現象，但並非滑
稽；這種笑係屬於生理學和化學所研究的範圍，與吾人
無干。

第二：吾人所謂的滑稽係作為藝術上的一種形態及美學上的一
種範疇來衡量的。當作為藝術上的一種型態及美學上的
一種範疇來衡量時，它不屬於美的基準，而係非美的基
準，換言之，它含有醜。是故有許多的笑不含醜的成
份，即不屬非美的基準，亦不在討論之列。

第三：滑稽雖屬於非美的基準，亦即滑稽的笑之中含有醜的成
份，但帶給吾人的為一種「快感」，而沒有羼雜恐懼、
痛苦、悲傷、荒誕的成份。

第四：滑稽之中包含了複雜的文化層面，由樸素的笑到纖巧的
笑之間具有不同的文化層次。文化層次低的只能接受樸
素的笑，他們的笑是卑俗的、粗野的、帶著高度的原始
的氣息；而文化層次高的，他們不願接受這些，他們寧
願接受細緻的、精巧的滑稽，接受一個巧妙的雙關語，
一些機智與幽默。因此不能列為同一個水平來看待。
（頁256～257）

　　姚一葦透過界定，把滑稽美的範圍更為具體的限制，姚一葦認為
滑稽能引發笑聲，但是並非所有的笑聲均為滑稽而造；另外也可以清
楚看出姚一葦所定義的滑稽是立足於「醜」的基準下，簡言之，也就
是滑稽因醜而生。更重要的一點，滑稽只有產生笑聲、快感，不包括
任何情感的成份，若是滑稽涉及情感，滑稽感將會驟降。關於姚一葦
認為滑稽與醜不能分割，有絕對的關係，姚一葦也對醜與滑稽做了更
詳細的探索與界定，姚一葦認為滑稽為一種藝術型態，是從美學的觀

點探討，並非泛論一般笑的性質，並舉出滑稽所蘊含的醜有下面五種
性質。

> 第一、滑稽的醜不含不快的性質。
> 第二、滑稽之醜應不含同情之性質。
> 第三、滑稽的醜係瑣碎的，而非嚴肅。
> 第四、滑稽的醜低於吾人的精神價值水平。
> 第五、滑稽的醜自對比中產生，自笑之中消失。（頁259～261）

　　無論是「不含不快的性質」、「同情的性質」、「瑣碎的」、「低於吾
人的精神價值水平」、「自對比中產生、笑中消失」，其實這些說法是綜
合亞里斯多德（希臘語：Αριστοτέλης，Aristotélēs，前384年－前322
年）、車爾尼雪夫斯基（俄文：Николай Гаврилович Чернышевский，
英文：Nikolay Gavrilovich Chernyshevsky, 1828年～1889年）、柏格森
（Henri Bergson，1859年－1941年）等人的說法，均為表示滑稽的醜
必須要是「無害的」、「輕鬆的」而不能嚴肅看待。

　　這是姚一葦所界定滑稽美的範疇，姚一葦把滑稽認為是一種美
學，並清楚在美學光譜當中，為它尋某到一個位置，讓滑稽美學能被
看見。滑稽美學是偏屬於醜的美學，不是秀美、不是悲壯也不是崇
高，相較而下，是偏屬低下粗俗的美學。滑稽美學比起其他美的形
態、創造方式，更能引起笑聲，無庸置疑。因為滑稽所產生的美，是
以笑聲編織而成，也就是說，當人體會出滑稽之美時，通常伴隨著笑
聲。另外，是滑稽美的無害性讓人感到沒有任何的負擔，可以開懷大
笑，因為一切都不是如此的重要，滑稽美只是要創造出一種笑點，讓
人開懷大笑，僅此而已，所有的不快情緒都會隨著笑聲煙消雲散。

　　姚氏自滑稽形式來劃分、有滑稽的形象、滑稽的言詞與滑稽的動
作（行為）三大類，試列表如下：

表 1-2　姚一葦滑稽的形式表

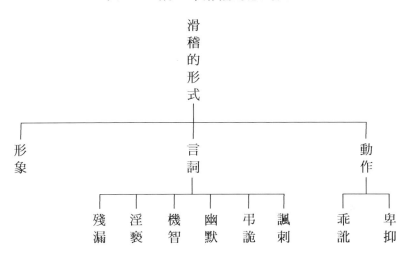

姚一葦蒐集相當多的中外文獻資料，不斷為滑稽一詞歸類、分析，所下功夫可見一斑，他希望為滑稽美定義出一個範圍，他粗略先把滑稽依形式劃分，分為「滑稽的形象」、「滑稽的言詞」與「滑稽的動作」三類。再把「滑稽的言詞」分為殘漏的、淫褻的、機智的、幽默的、弔詭的及諷刺的六類。然後，在〈論滑稽〉最後結語，姚一葦表示：

> 上面我列述了滑稽的諸種不同的形式，雖然說得相當的粗略，但是它包含了滑稽的藝術的重要形態。在這些形態之中，有無意的滑稽：那些笨拙、粗俗、誤會等所產生的滑稽形象、言詞或行為，係屬於無意的滑稽；至少自表面來看是如此。有有意的滑稽：有意的滑稽：有意的滑稽是純然理性的表現，是聰明的賣弄，在言詞的滑稽中最是常見，那些機智、幽默、弔詭、諷刺的言詞，充分表露出說話者的智慧和素養。在如此複雜的形態中，除了它能引起人們的發笑的這一相同點之外，要想找出一個共通點的或通約的理論，皆是多麼的困難。（頁241）

三　兒童美學

　　兒童是否有自己的美學觀？或許已不用再質疑，然而真正論及兒童美學者，似乎又不多。或稱兒童美學有其自足與開放性；或說充滿稚氣的童真是兒童文學最顯著也是最首要的美學特徵；或稱兒童文學的美學特徵，主要表現在純真、稚拙、歡愉、變幻、質樸等方面。以上論說雖能切中兒童性，但有關美學的開展則不足。個人則認為兒童文學的美學，即是以姚一葦的滑稽美學為主。

　　姚氏美學是以藝術的領域為主，尤其是戲劇。所以才把滑稽的形式分為滑稽的形象、滑稽的言詞與滑稽的動作三大類，與本文要探討繪本中的滑稽手法不大相同。

　　一者涉及兒童本身的思維；再者繪本基本上是由圖、文組成，並有圖文之間的關係。諾德曼（Perry Nodelman）在《閱讀兒童文學的樂趣・圖畫書》說：「一本圖畫書至少包含三種故事：文學構成的故事、圖畫暗示的故事，以及兩者結合後所產生的故事。第三種圖畫──也就是文與圖一起說的第三種故事──有些趣味是由其他兩種故事間的矛盾而產：這些書是利用形式上重要的雙重性來作反諷之用。」（頁268）

　　因此，姚氏的滑稽形式三大類，實際上不適用兒童與繪本。個人擬從圖、文與圖文共構而呈現的效果，認為兒童繪本的滑稽形式有四：殘漏性、禁忌性、直觀性與遊戲性。至於其呈現手法，無論在圖、文或圖文共構等方面，要皆以超現實、漫畫式、卡通化（簡化、誇張）與童趣等手法為先。

　　試說明繪本滑稽形式如下：

（一）殘陋性

　　所謂殘陋性，是指笨拙、錯誤、多餘、重複、粗俗、缺陷等均屬之。殘陋會讓人感覺比正常人低下，這就會使人發笑。簡單來說，殘陋就是在形象、行為或動作上有缺失，而本身卻不自知，而這些行為可能會產生笨拙感，令人覺得好笑，這裡的笨拙與缺漏，其實說穿了就是「醜」，以「醜」造成滑稽感。而姚一葦覺得滑稽的醜，有不含不快、不含同情、不是嚴肅的、是低於常人的精神價值水平和自笑中消失等特點。誠如柏格森所言，僵硬會讓靈活的心靈活動凍結產生滑稽，而笨拙缺漏就是一種僵硬的行為，僵硬的行為會特別讓人印象深刻產生笑聲，就是因為僵硬會產生一種不自然感，在正常的行為中顯得格格不入，所以總會引起注意，覺得這個人真是奇怪，接著發出笑聲。

圖1-1《小駝背》，黃春明，聯合文學。　圖1-2《短鼻象》，黃春明，聯合文學。

　　黃春明圖畫書《小駝背》與《短鼻象》皆以殘陋的形象，塑造出醜的意象，小駝背跟常人不同，有個突出像龜殼的後背，短鼻象也因為違反大象鼻子長的常理，因而造成滑稽感。

（二）禁忌性

禁忌性，是指大家所諱言的，如「髒話」、「情色」、「暴力」、「死亡」，在兒童文學作品當中，都被當為一種不可以提起的禁忌，如果不小心觸碰到禁忌，會引起笑聲。雖然兒童文學作品中，因為作品都有經過刻意挑選擇選，禁忌的內容很少出現，但還是可以看得見。多半人會認為這議題不能登上檯面，有粗俗、不文雅之疑，但伴隨著輕鬆的方式呈現，危險性跟著遞減，反而令人莞爾。另外一種禁忌是規範。成人總是給孩子設下許多禁忌，要他們遵守，倘若孩子看到這些禁忌被呈現，滑稽感因此產生。可見，孩子對禁忌的好奇與不敢觸碰的矛盾心理，這種緊張感會在某人觸犯禁忌後，產生笑聲。

圖1-3《髒話》，帝笛耶・慕尼耶文、克里斯提昂・佛茲圖，武忠森譯，三之三文化事業股份有限公司。

圖1-4《是誰嗯嗯在我頭上》，維爾納・霍爾茨瓦爾斯文、沃爾夫・埃爾布魯赫圖，方素珍譯，三之三文化。

《髒話》與《是誰嗯嗯在我的頭上》均以禁忌的素材為題，皆利用輕鬆有趣的情節處來，讓讀者莞爾一笑，化解禁忌的利銳與敏感。

（三）直觀性

直觀，是哲學名詞，亦稱直覺。是由感官作用而直接獲得外物的

知識。也就是說是直接的領悟和覺察，不經過推理與經驗（或不合推理與經驗）而獲得的知識。前面所提到的純真、稚拙、歡愉、變幻、質樸等特徵皆屬直觀性。直觀性是兒童思維的特徵，它富有想像、新奇，或過分誇張，它可以改善日常的景物，使任何無情的變為有情，它有自定一套主觀的推理方式，看似無理，卻生妙意。這就是所謂的「無理而妙」，或稱之為「反常和道」。蘇東坡說「詩以奇趣為宗，反常合道為趣」（見《詩人玉屑卷十》）所謂「無理而妙」、「反常合道」，細看又「入人意中」新闢境域。

　　兒童的直觀，產生了童趣，而直觀的童趣，用姚一葦的論點是：機智、幽默、弔詭與諷刺。試分述如下：

1　機智性

　　機智（wit）是個非常曖昧的名詞。柏格森認為機智乃指思想的戲劇化，經常包含把對方的觀念引申到他所想的反面，亦即以子之矛，攻子之盾的意思。機智靠著出人意外與戲謔使對方或第三者感到尷尬，故稍具傷人的程度，但是程度不大，大多是一種思想的遊戲。

圖 1-5《蘋果是我的！》，福田直，黃郁欽譯，天下雜誌。

圖 1-6《蝌蚪的諾言》，珍・威莉絲文，湯尼・羅斯圖，天下雜誌。

《蘋果是我的》小猴子搶到了一顆蘋果，緊抱著蘋果開溜，卻遭到眾動物的追討，最後從懸崖中跳了下去，沒想到他是假裝的，當大家離開後，小猴子才跑出來，沒想到眾動物也是假裝的，迫使小猴子得把蘋果交出來，沒想到他抱著的不只是蘋果，還有兩隻小小猴子，大家就算了。作者利用兩次的機智手法，一次是小猴子跳入懸崖，一次是懷裡不只有蘋果，還有兩隻小小猴子，讓眾動物把蘋果禮讓給猴子，也攘讀者產生笑聲。

《蝌蚪的諾言》講述蝌蚪與毛毛蟲戀愛的故事，他們彼此承諾對於彼此的愛不會改變，但是蝌蚪卻不斷的「改變」身體，毛毛蟲終於受不了，選擇離開。當毛毛蟲決定原諒蝌蚪時，他已經蛻換成蝶，而蝌蚪也變成青蛙。但是，青蛙並不知道，蝴蝶就是他所鍾愛的毛毛蟲，看到他時，伸長舌頭就把他的愛人給吞下腹。不過，青蛙並不知情，還苦苦的等待著他的毛毛蟲。作者利用毛毛蟲與蝌蚪均是變態動物的情況，使故事造就一種意外與戲謔，產生一種哲學況味，引發耐人尋味的笑聲。

2　幽默性

機智純然是理智的，而幽默則理智中含有感情，它不僅不傷害到別人，且具有一種同情的性質，這是幽默與機智最大的差別。機智與幽默同樣利用「智慧」達成效果，常以邏輯推理的方式推演，打破讀者對事理固定的看法，反而感受到不同視野所帶來的新鮮，造成滑稽感。

《鱷魚怕怕 牙醫怕怕》利用鱷魚怕看牙醫，因為怕牙疼；而牙醫也怕替鱷魚看病，因為懼怕背鱷魚的大嘴給吞了，作者選擇讓兩種在生活現實中，不可能會碰在一起的角色，碰在一起，造成幽默的笑聲。

圖 1-7《鱷魚怕怕牙醫怕怕》，五味，湯尼‧羅斯圖，天下雜誌。

圖 1-8《別讓鴿子開公車》莫‧樂威，許耀雲譯，天下遠見出版股份有限公司。

　　《別讓鴿子開公車》同樣利用與《鱷魚怕怕 牙醫怕怕》一樣的手法，使得現實中不可能會被聯想一起的事物，互相連結，形成一種特別的幽默感。鴿子以喃喃自語的方式，央請別人讓他開公車，打破現實的定律，鴿子開公車會怎麼樣？製造出新鮮感，也反映出鴿子的可愛與滑稽。

3　弔詭性

　　弔詭（paradox）指的是似是而非或似非而是的邏輯概念。弔詭常背離一般的常識，成為一種荒唐的、自相矛盾的詭辯，故能製造滑稽感，但是在荒唐與滑稽之中往往有至理在焉。

圖 1-9《莎莉，洗好澡了沒？》，約翰·　圖 1-10《莎莉，離水遠一點》，約翰·
伯寧罕，林真美譯，遠流出版事業股份　伯寧罕，林真美譯，遠流。
有限公司。

　　《莎莉，洗好澡了沒？》故事是媽媽在浴室外，催促著在浴室裡
面許久的莎莉，可是她卻沉浸在自己的幻想世界。圖畫書一面為現實
世界媽媽的催促，另一面為紗麗的幻想世界，形成弔詭，而《莎
莉，離水遠一點》同樣使用相同的手法，製造出弔詭的特殊趣味。

4　諷刺性

　　諷刺（sarcasm或satire）此間所指涉者意義較廣，包含規諫在內。
此種語言當然是理性的，其所以不同於機智，則在於其傷人之程度
甚大，被諷刺之對方甚不好受。因為它的傷人的程度甚大，故不一定
是滑稽的，也可以是嚴肅的。弔詭與諷刺均利用互相指涉的手法，達
到借此喻彼，指東道西，造成豐富多義性，讓讀者會心，達到創作的
目的。

圖 1-11《有色人種》，傑侯姆‧胡里　　圖 1-12《不是我的錯》，雷‧克里斯強
埃，張淑瓊譯，和英文化事業有限公　　森文、迪克‧史丹柏格圖，周逸芬譯，
司。　　　　　　　　　　　　　　　　和英。

　　《有色人種》利用膚色的不同，暗諷種族間的歧視問題。在圖畫
書中，只利用顏色的對比，產生有趣的情節，不著痕跡的達到諷刺的
效果。《不是我的錯》敘述主角面對同學遭到欺負，卻坐視不理，說
服自己這件事不關自己的事。這是一本極具諷刺性的圖畫書，藉此諷
刺社會的冷漠與不關心。

5　遊戲性

　　遊戲姓是兒童文學特殊屬性之一。喜愛遊戲是兒童的天性，也是
他們的第二生命。對兒童來說遊戲是工作、學習，也是生命的表現；
遊戲是兒童獲取經驗、學習與實際操作的手段。申言之，從「遊戲中
學習」是最有效的學習方式，因為其中具有創意、歡笑、美感與人性。
是以有人說遊戲是孩子的功課，遊戲對孩子來說是一個充滿魔力和想
像的場所，孩子能在其中完全的釋放，從而成就自己。所謂所謂「文
化始於遊戲之中」，絕非空談與無稽之言。而無意義（nonsense）更是
遊戲性的極致。無意義（nonsense），指的是沒有任何道德訓示，純粹

是詩歌的文字和音韻遊戲。而無意義的文字遊戲是為了讓孩子訓練學習語言的使用，無意義的另一個好處，是允許孩童把語言的聲音和意義當做是一場遊戲，能幫助孩童對語言的掌握。這個觀點其實與滑稽的觀點，完全吻合，滑稽在中國出現在滑稽列傳，俳優使用滑稽的方式規諫帝王，因為帝王貴為一國之尊，若直接諫言可能會引起反效果，招惹殺身之禍，所以只好藉著娛樂帝王之時，務諫言之實，這樣的效果能達到最好。而以無意義的方式訓練孩童的語言能力，也是如出一轍的方式，孩童不喜歡制式無聊的學習，若能在遊戲當中，獲得學習之實，何樂而不為。

圖 1-13《高麗菜弟弟》，長新太，譚海澄譯，臺灣麥克股份有限公司。

《高麗菜弟弟》利用各種動物吃掉高麗菜會變成什麼樣子為創作想法，誇張的想像，沒有任何道理可言，造成讀者摸不著頭緒而發笑的效果。

圖 1-14《小黃點》，赫威‧托雷，周婉湘譯，上誼文化。

　　《小黃點》圖畫書中，作者使用文字指示讀者，觸碰圖畫書中各種顏色的點，再利用書本翻頁的特性，圓點產生各種狀態的變化，使得讀者有因為依照指示，而產生的回饋錯覺，是一本書本與讀者互動，產生笑聲的有趣圖畫書。

第三節　插畫與繪本的閱讀理論

　　兒童是獨立的個體。

　　兒童需要時間來成長、學習和發展，把兒童區別於成人來對待，不是歧視他們而是認識到他們的特殊狀態。所有的兒童相對於成人來說都有特殊的需要，如智力上的、社會性上的、情緒的。兒童有別於成人的學習、思考和感受。

相同的，兒童的閱讀更需要時間與累積。

《大腦與閱讀》一書，認為大腦的閱讀歷程也是逐漸形成的：

> 神經元回收再用的假說認為文字是逐漸進駐到孩子的大腦中，因為它在神經迴路中找到了合適的位置，這些迴路只要做些少許的改變就可以發揮功能了。大腦的歷程是嘗試與錯誤，這與文化實驗中文字演化的過程一樣，它必須在孩子的大腦中的視覺和語言迴路上試車，這個假說的主要預測是：閱讀逐漸輻輳到左邊枕一顳葉的字母盒區。當孩子變成流利的閱讀者後，他的大腦裡的這個區域會慢慢變成專門處理文字，它與顳葉、頂葉和前葉語言區的溝通也會增加。發展心理學和最近的腦造影都開始了解這個歷程了。
>
> 令人好奇的是，神經元回收再用的假設使我們聚焦在孩子頭一年的時候，這是閱讀還不成為議題之前。假如神經元回收再用的假說是對的，小孩子學習閱讀是因為他們大腦中本來就已經有需要的結構了──無論是感謝演化或是感謝早期的學習。在孩子接觸到他的第一個閱讀課之前，他們天生的語言和視覺發展，應該在準備好大腦來接受這個新文化的練習中扮演著重要的角色。（頁240）

個人認為兒童的閱讀理論在於「瞎子摸象」。「瞎子摸象」給人的刻板印象是幼稚無知、以偏概全，或可說事實往往由於個人角度不同而給予不同的解釋。然而，從後現代的微觀視之，似乎是經典的閱讀理論。其間更契合兒童心理、生理與社會等方面的發展與需求。

瞎子摸象。大概起源於印度，可能是耆那教或佛教，有時也歸於蘇菲派和印度教。目前所見似乎皆出之於佛經。如《百喻經》、《菩薩

處胎經》、《大波涅槃經》、《義足經》、《六度集經・鏡面王經》、《長阿含經・第四分・世記經・龍鳥品第五》等。今取三者轉錄如下：

《六度集經，卷八。明度無極章第六・八九・鏡面王經》：

臣奉王命，引彼瞽入，將之象所，牽手示之。中有持象足者，持尾者，持尾本者，持腹者，持脇者，持背者，持耳者，持頭者，持牙者，持鼻者。瞽人於象所，爭之紛紛，各謂己真彼非，使者牽還，將詣王所。王問之曰：汝曹見象乎？對言：我曹俱見。王曰：象何類乎？

持足者對言：明王，象如漆箭。

持尾者言，如掃箒。

持尾本者言，如杖。

持腹者言：如鼓。

持脇者言，如壁。

持背者言，如高坑。

持耳者言，如簸箕。

持頭者言，如魁。

持牙者言，如角。

持象鼻者對言：明王，象如大索。

復於王前共訟曰：大王，象真如我言。（維縮資料，（吳）釋康釋會譯，宋元間遞刊梵夾本配補明南藏本天龍山刊本及明寫本，出版年不明。）

《大般涅槃經・卷三十二》

譬如有王，告一大臣：「汝牽一象，以示盲者。」爾時大臣受
王敕已，多集眾盲以象示之。時彼眾盲，各以手觸，大臣即
還，而白王言：「臣已示竟。」爾時大王即呼眾盲，各各問
言：「汝見象耶？」眾盲各言：「我已得見。」王言：「象為何
類？」其觸牙者，即言象形如蘆菔根；其觸耳者，言象如箕；
其觸頭者，言象如石；其觸鼻者，言象如杵；其觸腳者，言象
如木臼；其觸脊者，言象如牀；其觸腹者，言象如甕；其觸尾
者，言象如繩。（微縮資料，明萬曆三十一年（1603）至三十
三年（1605）金壇于玉立、丹陽賀學禮等刊本，出版年1603
年，（北涼）釋曇無讖譯）

《佛說長阿舍第四分世記經。龍馬品第五》

爾時，世尊告諸比丘：「乃往過去有王名鏡面，時，集生盲人
聚在一處，而告之曰：『汝等生盲，寧識象不？』對曰：『大
王！我不識、不知。』王復告言：『汝等欲知象形類不？』對
曰：『欲知。』時，王即敕侍者，使將象來，令眾盲子手自捫
摸。中有摸象得鼻者，王言此是象。或有摸象得其牙者，或有
摸象得其耳者，或有摸象得其頭者，或有摸象得其背者，或有
摸象得其腹者，或有摸象得其髀者，或有摸象得其膊者，或有
摸象得其跡者，或有摸象得其尾者，王皆語言：『此是象
也。』

「時，鏡面王即卻彼象，問盲子言：『象何等類？』其諸
盲子，得象鼻者，言象如車轅；得象牙者，言象如杵；得象耳
者，言象如箕；得象頭者，言象如鼎；得象背者，言象如丘
阜；得象腹者，言象如壁；得象髀者，言象如樹；得象膊者，

言象如柱；得象跡者，言象如臼；得象尾者，言象如箒。各各
共諍，互相是非，此言如是，彼言不爾，云云不已，遂至鬪
諍。時，王見此，歡喜大笑。(微縮資料，(姚秦)釋佛陀耶
舍，釋竺佛念譯，宋元間遞刊梵夾本配補明南藏本天龍山刊本
及明寫本，出版年不明。)

以下試從心理學、教育學與文學理論等方面，申論「瞎子摸象」
的經典性。

一　心理學

學習是當代心理學中最重要的主題之一。由於研究方法不同，是
以學習理論亦有差異，本文擬從行為心理學與認知發展心理學為例。

(甲)行為心理學──嘗試錯誤學習(Trial-and-error learning)

指學習的一種方式。在學習之初，個體對學習環境，缺乏適當反
應，只是以一般反應應付新的情境。惟經多次活動後，有的反應有效，
獲滿意結果而保留，有的反應無效果(錯誤)而放棄。如此，繼續練
習多次之後，正確有效之反應逐漸增加，錯誤無效之反應逐漸減少，
最後終能學習到只有正確而無錯誤反映的地步。本詞也稱探索與成功
〈fumble-and-succuss〉、漸進與校正〈approximation-and-correction〉、
嘗試學習〈trial learning〉。嘗試錯誤學習在行為心理學的學習理論，
稱之為制約學習。制約學習有兩種：

一種稱為古典制約(classical conditioning)；古典制約實驗方法原
係俄國生理學家巴夫洛夫(I. P. Pavlov, 1849-1936)，為研究狗的消化
作用所設計，故而也稱巴氏制約法(Pavlocian conditioning)。另一種

稱為工具制約（instrumental conditioning）；工具制約實驗方法最早是
美國心理學家桑代克（E. L. Thorndike, 1874-1949），為研究貓的學習而
設計的，後經史金納（B. F. Skinner, 1904-1990）改進，稱為操作制約
（operant conditioning）。本詞譯為制約學習時，係指個體經制約作用
所產生的行為改變，代表兩類學習。此兩類學習的共同特徵是，本來
不能引起個體某種特定反應的刺激，經制約作用之後，即能引起某特
定之反應。因此，制約學習也稱為刺激反應學習（stimulus-response
learning），或稱聯想式學習（associative learning）。稱兩種制約作用為
兩種制約學習時，其原文是一樣的，分別是古典制約學習（classical
conditioning）與工具制約學習（instumnental conditioning）或操作制
約學習（operant conditioning）兩類。

圖 1-15　巴夫洛夫　　　　圖 1-16　史金納　　　　圖 1-17　桑代克

　　以上三人皆屬行為心理學者。其理論皆在刺激→反應公式。而桑
代克、史金納是以機能為主導的理論。兩人反映了達爾文主義對學習
的影響，亦即是強調學習與適應環境之間的關係，而史金納則是激進
行為主義者。至於巴夫洛夫則以聯想為主導的理論。

（乙）認知心理學──皮亞傑

皮亞傑（Jean Piaget, 1896-1980）法籍瑞士人，是近代最有名的兒童心理學家。他的認知發展理論成為了這個學科的典範。皮亞傑早年接受生物學的訓練，但他在大學讀書時就已經開始對心理學有興趣，曾涉獵心理學早期發展的各個學派，如病理心理學、精神分析學、容格的格式塔學和弗洛伊德的學說。從一九二九年到一九七五年，皮亞傑在日內瓦大學擔任心理學教授。

圖 1-18　皮亞傑

圖 1-19《認知心理與通識教育》皮亞傑，香港中文大學出版，2009 年，第二版。

皮亞傑最著名的學說，是他把兒童的認知發展分成以下四個階段：

一、感知運動階段（感覺-動作期，Sensorimotor, 0-2歲）靠感覺獲取經驗。1歲時發展出物體恆存的概念，以感覺動作發揮圖式的功能；

二、前運算階段（前運思期，Preoperational, 2-7歲）已經能使用語言及符號等表徵外在事物，具推理能力但不符邏輯，不具保留概念，缺乏可逆性，以自我為中心，直接推理，集中注意力；

三、具體運算階段（具體運思期，Concrete Operational, 7-11歲）了
解水平線概念，能使用具體物之操作來協助思考；

四、形式運算階段（形式運思期，Formal Operational, 11-16歲）開
始會類推，有邏輯思維和抽像思維。

皮亞傑依據生物的發展規律，認為個體組織環境和適應環境，是
不可分開的活動，通過對軟體動物的觀察和研究，他認識到動物的發
展和演變，直接受到它與環境的交互作用所影響。這些軟體動物，無
時不對它所漂流到的新環境進行組織，以求適應。在這樣不斷的組織
適應中，它自己也就發生演變。同樣，皮亞傑推論，一切人類的認知
的活動，也不外是它對知覺環境作出組織與適應的活動。

為了要系統解釋認知組織和適應，皮亞傑創造了四個心理學概念：

一、機略（圖式）（schemas）：將知識形像化，成為一個概念模型。
機略是人類用以對環境作理智的適應和組織的認知結構，亦即
是人類發展過程中用以適應和改變環境的心智結構。

二、同化（assimilating）：將新知識和舊有知識類比，並作出關連。

三、調適（順化）（accommodating）：將舊知識的概念模型改變調
適，以容納新的內容。

四、平衡（equilibrium）：是同化與調適活動的平衡，是認知發展過
程中的一環。

皮亞傑認為「刺激──反應」公式不足解釋認知學習過程。它認
為遺傳是決定個人智力機能不變素（functional invariants）的本質。也
就是說，遺傳決定了同化和調適的本質。因此，遺傳對個人的認知發
展有很大的影響。但是，認知發展是個人的稟賦和實際生活經驗的結
果，是以活動和經驗是促進認知發達的必要條件。而動機是同化和調
節活動的內在的、自發的動力。這種動力不斷推動著認知能力的發展。

皮亞傑認為在認知發展過程中，人不是反應刺激的機械，而是主

觀選擇刺激，並作反應的主宰者。所以皮亞傑著重人在學習中的主宰
作用。

二　教育學──杜威（由做中學）

　　杜威（John Dewey, 1859-1952）生於美國佛蒙特卅的普通家庭裡。
1884年獲約翰·霍普金斯大學哲學博士學位。他是美國的哲學家、教
育家。他於1896年創立一所實驗中學作為他教育理論的實驗基地，並
任該校校長。反對傳統的灌輸和機械的教育方法，主張從實踐中學
習。提出教育即生活，學校即社會的口號。其教育理論強調個人的發
展、對外界事務的理解以及通過經驗獲得知識。影響很大，被稱為現
代教育之父。

圖 1-20　杜威　　　　　　　圖 1-21《民主主義與教育》，杜威，林寶山
　　　　　　　　　　　　　　譯，五南圖書出版有限公司，1989 年 5 月。

　　杜威最重要的兩個教育思想：連續性以及由做中學（Learning by
doing）。

教育的連續性是指，一個人如果念完一個教育階段，或是他唸完了數學第一冊，卻不想在繼續唸下去，這代表教育是失敗的。沒有連續性，成功的教育是一直延續下去的，就是現在所謂的終身教育。

做中學是經驗主義、行為主義、進步主義的產物。

「由做中學」或「從經驗中學習」（learning from experiences）是在強調經驗的重要。經驗包含了主動與被動兩個要素。就主動方面來說，經驗是一種嘗試或實驗；就被動方面來說，經驗就是從事行為的結果。

當我們去經驗某種事務的時候，就包含了這兩個過程。又經驗有「嘗試錯誤式的學習」與「思考式的經驗」之分。而經驗的重點在於經過思考使其成為有意義的經驗。

因此杜威認為，創造充分的條件讓學習者去「經驗」是教育的關鍵：所謂經驗，本來是一件「主動而又被動的」（active-passive）事情，杜威把經驗當作主體和對象、有機體和環境之間的相互作用。他主張以這種進步的（progressive）教育方法使學習者從活動中學習，經驗本身就是指學習主體與被認識的客體間互動的過程。但他又說經驗的價值怎樣，全視我們能否知覺經驗所引出的關係，或前因後果的關聯。

三　文學理論──接受理論

從西方現代文學批評史脈絡，可發現文學解讀經歷三個明顯的階段，即作者中心論到文本中心論，乃至讀者中心論。所謂讀者中心者，是說文本是無聲的存在者，直到有讀者開始閱讀的那一剎那，文本才活起來。走向讀者意味著美學領域研究重點的一個根本性轉移，意味著方法論的一個重大變革，也意味著文學研究在文學與社會、美學與歷史之間長期被人為分割造成的鴻溝上架起一座橋梁。讀者中心論也

意謂著讀者是文學活動中最重要的元素，亦即重現讀者的主體性。

　　以讀者為中心的接受理論，（或稱接受美學（Receptional Aesthetic））在一九六〇的德國興起，重要的代表人物有漢斯·羅伯特·姚斯（Hans Robert Jauss, 1921-1997）和沃爾夫岡·伊瑟爾（Wolfgang Iser, 1926-2007）。

圖 1-22 漢斯·羅伯特·姚斯

圖 1-23 沃爾夫岡·伊瑟爾

　　姚斯以「接受研究」為主軸；伊瑟以「反應研究」為重心。

　　漢斯·羅伯特·姚斯，德國康士坦茨大學法國文學教授。在1967年，姚斯在就職典禮上發表〈文學史作為向文學理論的挑戰〉一文後，他的系列論文開始談論著文學史研究這個中心議題，接受美學的理論就在這些研究中產生。

　　沃爾夫岡·伊瑟爾是接受美學的創始人，德國康士坦次大學教授，美國加州大學客座教授。重要著作《隱含的讀者：從班揚到貝克特的散文小說的交流模式》（1974）、《閱讀行為：審美反應理論》（1978）。伊瑟爾強調文學作品中的文本所運用的語言，存有許多的「空白」與「不確定性」，造成文本的「召喚結構」。以此，「召喚結構」吸引讀者閱讀作品。閱讀的過程當中，讀者開始填補文本的空白與不確定性，加入創作文本的活動行列。另外，伊瑟爾也提出「隱含

讀者」的概念，認為作者於創作的過程中，心中已有預設的「隱含讀者」存在，藉以揣測讀者的行為。

接受美學改寫文學史的撰寫方式，文學史不再只是作者與文本的歷史，而是將讀者納入文學史的角色，讀者在於本身的背景與時代的差異，作家與作品在文學史上的座標與定位也會跟著轉變。再則，文學史若缺少每個時代讀者的接受，文學史根本不存在，這就是接受美學基本的概念與想法。

龍協濤對於文學解讀理論出現三個發展階段，認為絕非偶然之事，而是有軌可尋，他認為文學解讀理論的改變是和社會的的脈絡與人類思考方式有著莫大的關係。

第一，由封閉的靜態考察，走向開放的動態建構。

作者中心論，研究作品像審視貝殼那樣，一定要追索、想像、還原出曾經生活其中的那個生命主體是什麼樣子。這種孤立地研究作家及其創作而忽視藝術特殊本質及其功能的傾向，自然是封閉的、靜態的研究。

作品中心論，即把文本當作自足的形成物，都是基於文學就是文學自身的認識，解讀就是自足對作品文本內涵的詮釋。兩者都認為文學作品有一個先在的意義，作者中心論從作品之外去尋求意義──作家的意圖；而作品中心論則從封閉的作品中，肢解作品，尋求意義。

直到讀者中心論，突出接受主體為最重要的因素，把讀者視為文學進程中的基本環節，接受美學理論本身是開放性的，它從文本與讀者的關係中來建構自己的體系，能夠廣泛適應有著不同民族文化和社會環境的國家吸收、改造和補充，從而在那生根、開花和結果。

第二，如果把文學解讀看成是一項系統工程，由作者中心論、文本中心論發展到讀者中心論，則是由「無我之境」到「有我之境」。

舉凡作者中心論與文本中心論的解讀，研究者必須做足大量的資

料蒐集、觀察、以及研究。凡此種種都是被作者和文本牽著鼻子走，力圖客觀地再現作品的歷史原貌，挖掘作者寄寓於作品之中的本意，這樣就造成一個大寫的讀者──「我」的主體性失落。而以讀者為中心的接受美學理論，將「無我之境」到「有我之境」，才算是真正確立文學解讀的主體性位置。

　　第三，從思維方式講，由科學的事實認識轉向藝術的價值判斷；由習慣的順向思維變為逆向的反觀式思維；由回顧式思維轉為前瞻式思維。

　　文學解讀轉到以讀者為中心，實際上是由物（書）的問題轉化為人（讀者）的問題，對文學觀念的變革不是局部的，而是全局的，從而導致對傳統的研究方法的根本揚棄。以讀者為中心，即以人為中心，高揚審美中人的主體性地位，這既是現代社會專制式微、民主擴大的潮流帶來思維方式變革的反映，又是新的歷史條件下人文主義思潮回歸在文學創作和鑑賞中的標誌。（以上詳見《文學解讀與美的再創造》，頁11-20）

圖1-24《文學解讀與美的再教育》，龍協濤，時報文化出版企業有限公司，1993年8月。

關鍵詞彙

插畫	繪本
兒童觀	滑稽
美學	閱讀理論

自我評量題目

一、姚一葦認為滑稽的美，有哪四點限制？

二、姚一葦也將醜與滑稽做出更詳細的探索與界定，認為滑稽為一種藝術型態，是從美學的觀點探討，並非泛論一般笑的性質，請舉出姚一葦認為滑稽所蘊含的醜有哪五種性質？

三、「禁忌性」是繪本滑稽形式之一，請說明之？並且列舉一本符合禁忌性的繪本討論，說明作者如何處理書中的「禁忌性」主題。

四、「直觀性」是繪本滑稽形式之一，請說明之？而直觀的童趣可細分為哪四種？你最喜歡哪一種？為什麼？

五、杜威最重要的兩個教育思想是什麼，請解釋之。另外，你贊同這兩種教育思想的觀點嗎？為什麼？

參考書目：

一　繪本書目

七隻瞎老鼠　艾德・楊文、圖　馬景賢譯　臺北市　臺灣英文雜誌社
　　　有限公司　1994年6月

小黃點　赫威・托雷文、圖　周婉湘譯　臺北市　上誼文化實業股份
　　　有限公司　2011年5月

小駝背　黃春明文、圖　臺北市　皇冠文學出版有限公司　1993年5月

不是我的錯　雷・克里斯強森文　迪克・史丹柏格圖　周逸芬譯　新
　　　北市　和英出版社　2000年1月

比利得到三顆星　佩特・哈金絲文、圖　高明美譯　臺北市　阿爾發
　　　國際文化事業有限公司　2010年3月

有色人種　傑侯姆・胡里埃文、圖　張淑瓊譯　新北市　和英出版社
　　　2005年4月

別讓鴿子開公車！　莫・樂威文、圖　許耀雲譯　臺北市　天下遠見
　　　出版股份有限公司　2006年12月

盲人摸象　紙飛機改編　馬慧圖　北京市　北京師範大學出版社
　　　2010年9月

是誰嗯嗯在我的頭上？　維爾納・霍爾茨瓦爾斯文　沃爾夫・埃爾布
　　　魯赫圖　臺北市　三之三文化事業股份有限公司　1999年5月

高麗菜弟弟　長新太文、圖　譚海澄譯　臺北市　臺灣麥克股份有限
　　　公司　2011年5月

莎莉，洗好澡了沒？　約翰・伯翰罕文、圖　臺北市　遠流出版事業
　　　股份有限公司　2003年4月

莎莉，離水遠一點　約翰・伯翰罕文、圖　臺北市　遠流出版事業股
　　份有限公司　2001年11月

野獸國　莫里斯桑達克文、圖　臺北市　英文漢聲出版有限公司
　　1987年3月

最厲害的妖怪　佩特・哈金絲文、圖　張定綺譯　臺北市　遠流出版
　　事業股份有限公司　2006年10月

短鼻象　黃春明文、圖　臺北市　皇冠文學出版有限公司　1993年5月

蝌蚪的諾言　珍・威莉絲文　湯尼・羅斯圖　張東君譯　臺北市　天
　　下雜誌股份有限公司　2008年7月

蘋果是我的！　福田直文、圖　黃郁欽譯　臺北市　天下雜誌股份有
　　限公司　2008年5月

髒話　帝笛耶・慕尼耶文　克里斯提昂・佛茲圖　臺北市　三之三文
　　化事業股份有限公司　2005年10月

鱷魚怕怕牙醫怕怕　五味太郎文、圖　上誼編輯部譯　臺北市　上誼
　　文化實業股份有限公司　2005年10月

二

一方活水──學前教育思想的發展　林玉體著　臺北市　信誼基金出
　　版社　1990年9月

大腦與閱讀　史坦尼斯勒斯・狄漢著　洪蘭譯　信誼基金出版社
　　2012年2月

中國滑稽文學史略　湯哲聲　臺北市　文津出版社　1992年8月

中國詩學（設計篇）　黃永武著　臺北市　巨流圖書公司　1977年4
　　月　一版三印

文學讀解與美的再創造　龍協濤著　臺北市　時報文化出版社　1993
　　年8月

幼兒文學　林文寶等著　臺北市　五南圖書出版社　2010年2月

兒童文學　林文寶等著　臺北市　五南圖書出版社　2007年10月　初
　　　版十三刷

美的範疇論　姚一葦著　臺北市　臺灣開明書店　1978年9月

認知心理與通識教育——二十一世紀透視與實踐　江紹倫著　香港中
　　　文大學　2009年7月　第二版

閱讀兒童文學的樂趣　培利‧諾德曼、梅維爾‧萊莫著　劉鳳芯、吳
　　　宜潔譯　臺北市　天衛文化圖書公司　2009年3月

閱讀活動——審美反應理論　沃爾夫岡‧伊瑟爾　金元浦、周寧譯
　　　北京市　中國社會科學出版社　1911年7月

學習理論導論　B‧R‧赫根漢、馬修‧H‧奧爾森著　郭本禹等譯
　　　上海市　上海世紀出版公司　2011年1月

繪本之眼　林真美著　臺北市　天下雜誌公司　2010年12月

文學研究叢書·兒童文學叢刊 0809023

兒童文學論集（五）

作　　者　林文寶
責任編輯　蘇　輆

發 行 人　林慶彰
總 經 理　梁錦興
總 編 輯　張晏瑞
編 輯 所　萬卷樓圖書股份有限公司
　　　　　臺北市羅斯福路二段 41 號 6 樓之 3
　　　　　電話 (02)23216565
　　　　　傳真 (02)23218698

發　　行　萬卷樓圖書股份有限公司
　　　　　臺北市羅斯福路二段 41 號 6 樓之 3
　　　　　電話 (02)23216565
　　　　　傳真 (02)23218698
　　　　　電郵 SERVICE@WANJUAN.COM.TW
香港經銷　香港聯合書刊物流有限公司
　　　　　電話 (852)21502100
　　　　　傳真 (852)23560735

ISBN 978-986-478-465-3
2021 年 8 月初版
定價：新臺幣 380 元

如何購買本書：
1. 劃撥購書，請透過以下郵政劃撥帳號：
　帳號：15624015
　戶名：萬卷樓圖書股份有限公司
2. 轉帳購書，請透過以下帳戶
　合作金庫銀行　古亭分行
　戶名：萬卷樓圖書股份有限公司
　帳號：0877717092596
3. 網路購書，請透過萬卷樓網站
　網址　WWW.WANJUAN.COM.TW
大量購書，請直接聯繫我們，將有專人為您
服務。客服：(02)23216565 分機 610

如有缺頁、破損或裝訂錯誤，請寄回更換

國家圖書館出版品預行編目資料

兒童文學論集. 五 / 林文寶編著.-- 初版.--
臺北市：萬卷樓圖書股份有限公司, 2021.08
　面；　公分.--(文學研究叢書；809023)
ISBN 978-986-478-465-3(平裝)

1.兒童文學　2.文學評論

　　　　815.92　　　110006894